ANULAÇÃO
& OUTROS REPAROS

Copyright © Bruno Tolentino, 1998
1ª. edição: 1963

Composição e Fotolitos
Art Line Produções Gráficas Ltda.

Capa
Evelyn Grumach

Revisão
Helena Tolentino de Andrade
Christine Ajuz

CIP -Brasil. Catalogação-na-fonte
Sindicato Nacional dos Editores de Livros, RJ.

	Tolentino, Bruno, 1940-
T587a	Anulação & outros reparos: edição definitiva / Bruno Tolentino. —
2. ed.	2. ed. — Rio de Janeiro: Topbooks, 1998
	298 p.
	Poesia brasileira. I. Título.
	CDD 869.91
97-2041	CDU 869.0(81)-1

Todos os direitos reservados pela
TOPBOOKS EDITORA E DISTRIBUIDORA DE LIVROS LTDA.
Rua Visconde de Inhaúma, 58 / gr. 203 — Rio de Janeiro — RJ
CEP 20091-000   Tel.: (021) 233-8718 e 283-1039

Impresso no Brasil

Bruno Tolentino

ANULAÇÃO
& OUTROS REPAROS

Edição definitiva

TOPBOOKS

in memoriam

ANECY ROCHA

(1942-1977)

*"Ut te postremo donarem munere mortis
et mutam nequiquam alloquerer cinerem."*

(Catullus, CI)

"Posso trazer-te um derradeiro dom na morte:
posso falar em vão às cinzas mudas…"

SUMÁRIO

Ao Divino Assassino (1979-97) 15

O Prefácio de José Guilherme Merquior (1963) 23

Anulação (1962) 39

Primeira Parte

Alla Breve (1957-60)

Alla breve 47
Flautim 48
Pastoral com Emily Dickinson 50
Copo 52
Fragmento de um coro 53
O morto habituado 55
Mecanismos 57
Vigília 58
Prometheu's Square 60
Rumor 61
O estrambote 62
Livre sextina 63
Visita de Finados 65
Agonizante 66
Transfiguração 68

A *Balatteta* de Guido Cavalcanti 69
Pausa para ciranda.. 71
Arcabouços 74
Contrição 76
Na morte de Lúcia Miguel Pereira.................................. 77
Hart Crane: *Louvor a uma urna fúnebre*........................ 81
Estrambote do Morro do Encanto 83
Retrato de Marly de Oliveira... 84
L'évocation à l'Idée 85
Preciosismos 86
Ponteio.. 88
R.M. Rilke: *Cinco Sonetos a Orfeu*................................. 89
Ars Poetica.. 94
Um mapa para viver.. 95

Interlúdio

A Elegia Obsessiva (1958-59)

Primeiro Movimento

I. "Embriagado de luz, tão à vontade..."........................... 101
II. "Quem era aquele arqueiro? perguntara..."................. 102
III. "Porque eram um só centauro aqueles dois..."........... 103
IV. "Ah, girassol no escuro, testemunha..." 104
V. "Baixa os olhos à terra que trocaste..." 105
VI. "Enquanto isso, pensa: tens um rosto..."................... 106
VII. "Eram nuvens e nuvens..." 107
VIII. "Ou porque brilha em tudo como que um sumidouro..."... 108

IX. "Aguarda a majestade da Beleza..." 109
X. "Não? Não me crês? Crês que o cendal da luz..." 110
XI. "Irei a Delfos suplicar à vida..." 111
XII. "Que mal me seja e eu nunca tenha um par..." 112
XIII. "A terceira pessoa da trindade..." 113
XIV. "Viu-o o lobo-do-mar que deu a vida..." 114
XV. "Por muito que me pese, que me doa..." 115
XVI. "Porque enfim não espero..." 116

Segundo Movimento

I. "Mas vem o amor, o amor que faz tão doce..." 117
II. "Uma cabeça altiva, de amazona..." 118
III. "Tens mudanças ousadas e volatéis..." 119
IV. "E páras de repente! Reclinada..." 120
V. "Das ventanias às delicadezas..." 121
VI. "Parece-me tocar coisa nenhuma..." 122
VII. "Subitamente inquieto de chegar..." 123
VIII. "Ah, toma-me em teus braços, diminuto..." 124
IX. "Porque a hora há de vir, há de chegar..." 125
X. "E foi-se-te o mais doce dom da vida..." 126
XI. "Morre a manhã, eu sei, morre em teus braços..." 127
XII. "De resto, que fazer? Passar a vida..." 128
XIII. "Tirar de uma gaiola a maviosa..." 129
XIV. "Como seria o silêncio..." 130
XV. "Nada consola mais..." 131
Último. "Alma tão minha quanto os pólens levitantes..." 132

Última Parte

Outros Reparos (1960-63)

Como um corpo 137
Como num ventre 138
A ária ao Centauro 140
Página 141
Canção de maioridade 144
Quadra 146
Fuga (ao C.D.A.) 152
Uivo 155
Hiato 156
Aliança 158
Como um presente? 160
Boas Festas 161
Oblíqua 163
Daguerreótipo (ao Antonio Candido) 165
Noturno 167
Passacaglia 168
Toada 173
Fala a louca de Ouro Preto 175
Visita à casa de Claúdio Manuel 176
As espécies menores 178
Dobres 180
Mal d'amore 181
O galope 183
A última carícia 184
Envoi 188

CODA

I. *TRÊS REPAROS TARDIOS*

A romã 195
Et ades sera l'alba 199
O Cristo de Sophia 201

II. *O ÚLTIMO REPARO*

Uma romã para 1997 207

III. *EPÍLOGO*

A obsessão musical 275
A espiral redentora 287

AO DIVINO ASSASSINO

*Uma litania ante o Sagrado Coração
concebida em Paray-le-Maulnier, tempos
depois do acidente fatal de Anecy Rocha*

Senhor, Senhor, o Teu anjo terrível
é sempre assim? Não tens *um* refratário
à hora do massacre — *um* mais sensível

que atrasasse o relógio, o calendário?
Ao que parece a todos tanto faz
por quem o sino dói no campanário.

Começa a amanhecer e uma vez mais
rebelo-me, mas sei que a minha vida
não tem como ou por que voltar atrás.

Aceito que a mais dura despedida
é bem mais que metáfora do nada
a que se inclina o chão; que uma ferida

e a papoula sangrenta da alvorada
pertencem ao mundo sobrenatural
tanto quanto uma lágrima enxugada

à beira de um caixão. Mas afinal,
Senhor, amas ou não a humanidade?
Não fui ao escandaloso funeral

e imaginá-la em Tua eternidade
dói demais! Vou passar mais este teste,
sim, mas protesto contra a insanidade

com que arrancas à muque o que nos deste!
Tu sabes que a soberba da família
era maior que a dela e eu tinha a peste —

pai e mãe apartavam-me da filha
e o irmãozão nem falar... E hoje, coitados,
como hão de estar? Aqui é a maravilha,

as genuflexões... Os potentados
e os humildes, a nata da esperança,
todos chegam por cá meio esfolados,

sangrando como a luz. Não só da França,
toda a Europa rasteja até aqui
esfolando os joelhos, não se cansa

de ensaguentar-se até chegar a Ti
e ao menos a um pixote do Além Tejo
restituiste a vista; eu quando o vi

solucei — mas que o cego e o paraplégico
saiam aos pinotes, que o Teu coração
se escancare e esparrame um privilégio

aqui e outro acolá na multidão,
só me faz perguntar: E ela? E ela...?
Não consigo entender que a um aleijão

concedas tanto enquanto a uma camélia
Tu deixas despencar... Por que, Senhor?
Olho tudo do vão de uma janela,

mas vejo a porta de um elevador
escancarar-se sobre um outro vão,
um vão sem chão... E a seja lá quem for

aqui absurdamente dás a mão!
Me pões trêmulo, gago, estupefato,
pasmo, Senhor — mas consolado não.

A mesma mão que fez gato e sapato
da minha doce Musa, cura e guia,
cancela as entrelinhas do contrato,

Dominus dixit... Mas quem merecia
mais do que uma açucena matinal
um manso desfolhar-se ao fim do dia,

quem mais do que uma flor, Senhor? Igual
nunca viram os mais alvos crisantemos,
tinha direito a um fim mais natural,

à morte numa cama, em casa ao menos...
Mas não — tinha que ser total o escândalo!
Por que, se nem nos circos mais extremos

Bruno Tolentino

Teus mártires andaram despencando
sobre os leões, se nem o lixo cai
de oito andares aos trancos, Santo Vândalo?!

Não vim denunciar o Filho ao Pai
ou o Pai ao Filho, não vim dar razão
aos que recusam e usam cada ai

contra a humildade; vim porque a Paixão
me chamou pelo nome e a alma obedece
e aceita suar sangue — como não?

Mas não sei mais unir o rogo à prece
do que a elegia ao hino de louvor,
não sei amar-Te assim... Caso o soubesse

teria que ficar aqui, Senhor,
aqui, arrebentando-me os joelhos,
esfolando-me todo ante um amor

que vai tornando sempre mais vermelhos,
mais duros os degraus do Teu altar.
Tu, que tudo consertas, dos artelhos

que desentortas e repões a andar
até às pupilas mortas de um garoto,
do cachoupinho que me fez chorar;

Tu, que a este lhe dás a flor no broto
e àquele o lírio pútrido do pus;
Tu, que passas por um de quatro e a um outro

pegas no colo e entregas a Jesus;
Tu que fazes jorrar da rocha fria;
Tu que metaforizas Tua luz

ao ponto de fazer de uma agonia
um puro horrror ou a morna mansuetude —
que hás de fazer, Senhor, comigo um dia?

Quando eu agonizar, boiar no açude
das lágrimas sem fundo... Quando a fonte
cessar de soluçar e uma altitude

imerecida me enxugar a fronte...
Como há de ser, Senhor? Oxalá queiras
que a mim me embale a barca de Caronte

como o fazia a velha Cantareira,
o azul da travessia... A Irrecorrível
arrasta a cada um de uma maneira

e a quem quer que se abeire ao invisível
recordas a promessa: aquele a escuta
e este a recusa porque a dor é horrível,

mas, se a todos a última permuta
terá sempre o sabor da anulação,
o travo lacrimoso da cicuta,

a ela Tu negaste o próprio chão,
deixaste-a abrir a porta sem querer!
Nunca falou na morte, e com razão,

intuía, quem sabe, o que ia ver...
Sentença Tua? Em nome da promessa
não há negar Teu duro amanhecer —

mas quando arrancas mais uma cabeça
como saber que és Tu, que não mentia
O que ressuscitou? Talvez na pressa,

no pânico de Pedro, eu negue um dia
e trate de escapar, mas hoje não;
hoje sofro com fé e, sem poesia,

metrifico uma dor sem solução,
mas não vim negar nada! Faz efeito
essa dor: faz sangrar, mas faz questão

de defender-me como um parapeito
contra a queda e a revolta... Um Botticelli
despedaçou-se todo, mas que jeito,

se por Lear enforcam uma Cordélia
e encarceram a Ariel por Calibã...?
Alvorece, a manhã beata velha

enfia agulhas no Teu céu de lã,
tricoteia Paray-le-Maulnier
e eu penso: ela morreu... Hoje, amanhã,

enquanto Te aprouver e até que dê
a palma ao prego e o último verso à traça,
vai doer — mas Amém! Não há por que

Anulação & Outros Reparos

amar a morte, mas que venha a Taça,
aceito suar sangue até ao final,
como não... Tudo dói, menos a graça,

mata, Senhor, que a morte não faz mal!

*Da Festa do Sagrado Coração
em Junho de 1979 até aos
26 de Outubro de 1997.*

PREFÁCIO À PRIMEIRA EDIÇÃO

José Guilherme Merquior

Meu encontro com Bruno Tolentino se deu em plena segunda exposição concreta. Não admira que tenha sido um choque: um choque de duas adolescências lidas, mal digeridas e intolerantes. Bruno tinha feito de sua ida à exposição uma batalha contra todas as obras e todos os autores do movimento; eu próprio, num misto de ingenuidade e dogmatismo (mas não são sempre uma coisa só, a mesma?), dedicava-me ardorosamente à defesa das "experiências", num formalismo sem limites e ao gracioso esporte de ridicularizar marxismo... Desde então descobri a poesia de Bruno, e creio que foi em virtude disso que aquele choque inicial se converteu, até hoje, num interesse permanente de cada um de nós pelo que o outro escreve.

Convivi com este livro, que agora apresento, durante três anos. Ele foi premiado por um júri de que participaram Bandeira e Cassiano; e foi, do prêmio até hoje, substancialmente modificado. Tenho orgulho de ser uma das raras testemunhas habituadas a confirmar, com segurança, que as alterações foram sempre para melhor. Do que foi subtraído, somente a parte das poesias em francês (língua em que o poeta excede às vezes a sua própria), e bem assim o ciclo de sonetos de 1958, não tiveram sua exclusão justificada por um rigor de escolha, mas apenas por ter chegado o poeta, amparado em altos conselhos, à conclusão de que será melhor publicá-los à parte.

Anulação & outros reparos é hoje um livro cobrindo a poesia de um jovem em seus últimos sete anos, e seu desenvolvimento nesse período é naturalmente irregular. O rico desdobramento do imperativo lírico no poema *Alla breve*, por exemplo, contrasta muito com a leveza de *Flautim*, que é de 1957 do mesmo modo que *Copo*, poema adolescente bem oposto à oratória contida de *Fragmento de um Coro*, que é do mesmo ano! Das produções de 1958 aqui presentes, *Vigília* é a *Hora absurda* de Bruno, uma das mais bem sucedidas imitações de Fernando Pessoa jamais vistas, *Rumor* reflete a influência de Cecília, das mais decisivas na formação do autor *as a young poet*, e *Mecanismos* nos leva mais atrás ainda, lembrando a simpleza de certas canções de Alphonsus; mas os três vão se defrontar com um esplêndido poema — *O morto habituado*, com sua fina anatomia da rotina, um dos melhores poemas de um bom poeta:

> *Não são leves os laços*
> *do absurdo exercício:*
> *o homem lado a lado*
> *com seu laçado ritmo,*

> *muito menos cumprido*
> *do que dependurado,*
> *plataforma do umbigo*
> *ao pescoço do hábito.*

ainda mais quando não havia, que se lesse, nenhuma *Terceira Feira*. Extremamente diverso e extremamente penetrante, eis aqui um poema de um "outro" Bruno Tolentino, e o germe de um Tolentino-Cabral de par com o Tolentino-Drummond que é hoje sua feição superior. Quando se deixa essa peça única para poemas de tom mais comum, melhor se percebe a diferença. Seja a *Transfiguração*, poema romântico com seu uso caracteristicamente emotivo da palavra "tempo"; seja a *Contrição*, também romântica, mas de um romantismo patético, bem mais seco e bem maior; seja essa *Ars poetica* de 1960, que já é uma hesitação significativa entre o canto romântico e o sentido de análise, do sabor intelectual que tem na poesia, nas palavras do poema, *esse corte / preciso entre os motivos*.

Seja o tão belo *Envoi* com que o livro fecha, caminhando para a grande linha drummondiana do poeta de agora, num estilo que já tem mais consciência, que já é mais dútil e dominado, e já é, sobre ou contra a fantasia, a razão poética de um discurso de larga riqueza em desenvolvimento:

> *... a alta, a ébria*
> *modulação das mãos, morte pupila.*

Temos então a parte mais madura do livro, aquela que, no geral dos poemas, nos apresenta Bruno Tolentino em seu estilo de hoje em dia. Que é um poeta de feitio drummondiano, de grandes panejamentos discursivos, de preferência pelo poema (contra a canção, no sentido pós-renascentista), de influência — até no atropelo dramático dos *enjambements*? — rilkeana. O tom dessa fase não é nada de diretamente otimista; vaga por toda ela a visão de um descontínuo, de um vazio humano. A idéia subjacente, e nem tanto, de uma "salvação pela arte" (*Um mapa para viver*) é ela própria negada (*Arcabouços*) no plano de uma problemática onde uma ação (um gesto) de sentido global é resolvida por uma experiência encarnada, pessoal, de direção negativa, amarga e lancinante (*Amor*): esquisita e tão hábil mistura, que confere a essa poesia um caráter dúbio, entre o patético e o pensado, de transição de um romantismo exasperado, em versos gritos, para uma meditação elegíaco-existencial à Drummond-fazendeiro e à Rilke de Duíno. Difícil encontrar aí uma afirmação, ou melhor, uma afirmatividade. Talvez por isso *Quadra* não é uma arte poética, mas uma psicologia da composição; talvez por isso em *Boas Festas* o cartão seja todo de um Natal de impossíveis. Talvez por isso a *Passacaglia* esteja penetrada do fugidio, e a *Fuga*, poema maior, concentre desoladoramente uma paisagem de solidão, de truncamento e, como em *Hiato* até da regressão de todo o humano (*todo gesto nos encurta*) a um invencível, eólico, definitivo niilismo; como se de fato fossemos

— fresta
para a insolvência elementar, fuga de ossos.

Há um verso de *Página* que melhor que tudo define a técnica dos mais representativos poemas de *Anulação & outros reparos*: este verso é: *sereno aluvião*. Pois este é o movimento fundamental desse estilo, desse discurso que ainda não cessou de se emocionar e, no entanto, de há muito já pensa e poetiza isso que pensa. Como amostra de seu processar-se, e como despedida de uma apresentação que a intimidade tornou longa, vamos concentrar algumas observações de estilo no poema-título, esse *Anulação*, quem sabe o melhor entre o melhor que faça agora, e tenha feito, a poesia de Bruno Tolentino.

O tema básico de *Anulação*, a procura de uma unicidade existencial sobreposta a tudo, inclusive ao amor, abre o poema com intenso poder de choque; dos versos 1 a 13 nada se lê sem a impressão de estar diante de um verdadeiro exórdio *ex abrupto*, musicalmente um *impromptu* e, na realidade, um *impromptu* nominal. Somente no verso 14 vai surgir um verbo principal.

> *Colisão de procura, perda, faro*
> *e dispersão do sangue; um pouco a fúria*
> *de pulsar onde, alheio, amor madura*
> *seus claros; a intervalos restaurar-se*
> 5 *e entre vazios vê-lo: povoara*
> *um pouco em torno uma clareira, farta*
> *eqüação de minutos, descontínua,*

> *e vai-nos continuando,*
> *orvalho que nos liga e se detinha*
> 10 *à pura precisão de mais procura.*

Mas todo o tecido dessas linhas é muito rico. A sucessão dos *enjambements*, tão rápidos. A marcação de *coliSÃO / disperSÃO*, além do mais rimada. As rimas internas de *procura / fúria / madura*. A abertura vocálica expressiva e insistente no quarto verso — *seus claros; a intervalos restaurar-se* — e a aliteração no verso seguinte — *e entre vazios vê-lo: povoara...* O como a palavra *farta* ecoa a claridade do verso 4. A sintaxe elíptica do oitavo, com a omissão do *que* (e que vai). E o definitivo verso 10 com aliteração e rima interna. Assim a colisão do procurar, em meio ao que perca e ao que suspeite, descobre o amor, com seus claros intervalares, na qualidade de equilíbrio alheio ao incessante movimento de busca. A procura (um destino) segue além do amor. Faz de nós algo ao mesmo tempo nosso e estranho.

Finalmente no verso 14 essa procura se dá como autoconhecimento: o procurador se percebe como tal. Sabe que sua condição é geral, humana; exprime-a com um "nós" significativo; porém nem mesmo esse plural consegue disfarçar a irredutível singularidade, a personalíssima unicidade desse momento existencial. Então a própria sintaxe revela a sua solidão*: como se os únicos de tudo fossem sendo / nós mesmos...* Há na procura da existência uma pergunta a que não responde o amor em sua reserva, em sua anulação do existente. Como são ricos esses oito versos 14-21!

> *aqui nos vemos*
> 15 *como se os únicos de tudo fossem sendo*
> *nós mesmos e (algo em torno) essa minúcia*
> *de condições: data, lugar, eco, pergunta*
> *sem força de guardar-se*
> *como em espaço e palma amor se guarda*
> 20 *e anula-nos, vertente*
> *desatada.*

Eles se unem ao sistema de imagens das linhas anteriores, assim como *palma* se liga aos *claros*; e seu espaço verbal, contra a primeira leitura, possui rara precisão. A imagem ao final da estrofe, *vertente / desatada*, que se segue a *anula-nos*, não se refere ao amor — mas sim à palavra *pergunta* no verso 17, encarnação do tema da procura e do seu próprio dinamismo; cuja marca é justamente não se deter no amor, mas ultrapassá-lo, da mesma forma que essa vertente desatada, ao fim do período e do fôlego, ultrapassa o amor, a sua reserva, a sua anulação. Entretanto a maior complexidade do poema é a que vem agora, dos versos 22 a 28.

> *Algo que nos cercasse,*
> *algum termo de nós que amor vertesse*
> *à brisa, seus acasos de um encontro,*
> 25 *efígie do perdido e um pouco o assombro*
> *de estarmos: convivência*
> *nula, restaurada pena, aquela*
> *casulação do ser no ser que o pensa.*

Aí se dá o desejo de uma impossível coexistência, qual fosse o conviver da procura com o amor. O amor é a possibilidade, embora transitória, de uma estabilização da existência. Não há, porém, nenhum legado que ele possa transmitir à agitada "procura", nada que ele vertesse à brisa, por casual ou mesmo perdido. Existe apenas no amor o curto espanto de *estar*, e estar convivendo, que a pressa e o fluxo da busca logo transformam em breve espanto de ter estado, no instante crucial em que o amor é ultrapassado pela sede indagadora do existente. Há tão só um momento em que se viva de certo modo plácido, mas não bem em amor, antes na restauração da busca, embora não ainda em suas colisões, menos ainda em sua dispersão: o recolhido momento daquela meditação sobre o interior, germinal e abrigado modo de ser

aquela
casulação do ser no ser que o pensa.

Também do ponto de vista musical têm estes versos grande riqueza. O movimento de enumeração, agora vestido de subjuntivos, exprime muito bem o volitivo e o hipotético. A aliteração é lançada (verso 24), antes da belíssima imagem internamente rimada (*efígie do perdido*) e do que é talvez o mais perfeito *enjambement* do poema, desta vez lento, como para acentuar, nesse fluir que se fazem os versos ao traduzir o atropelo da procura, o espantoso encontro de uma súbita estabilidade: *e um pouco o assombro / de estarmos*. Ao qual se seguem outros e majestosos *enjambements* (versos 26 a 28), tudo culminando na solene marcha do decassílabo-chave (verso 28), harmonicamente calcado em seu habilíssimo polissílabo, *casulação*.

Mas parece não restar à existência a alternativa de aproveitar o amor. Para prosseguir como procura, vive ela de fora, dos restos, do amor (versos 29 e 30), tal como nos diz a sintaxe enfatizada e incomum do trigésimo verso: *de resíduos de quando que amor seca*.

> *Chamamo-nos à margem*
> 30 *de resíduos de quando que amor seca,*
> *trevos de inanição que vão subindo*
> *pela sede de nós que em nós contínhamos*
> *e tanto nos persuade*
> *que fora se retrai, dentro nos cerca.*

A imagem dos *trevos de inanição* ensina que é a sede de nós por nós mesmos que move essa busca *sans arrêt*, busca de algo sempre a fugir, sedutora busca que, por isso mesmo, fora de nós é um recuo mas dentro de nós é um cerco (verso 34). À margem do amor, a procura continua: e se reconhece como o modo de existir sem resposta nem glória nem seiva.

> 35 *Aqui me reconheço*
> *e recomponho o que forjava em peso*
> *o giro do real, rápido escolho.*
> *Mas nenhuma resposta nos convoca*
> *e, só, traço num vão,*

> *40 é entre mínimos mirtos que me toco*
> *no muro.*

O giro do real, no verso 37 onde ritmo e timbre já dizem tudo, é apreendido pela consciência sem respostas, perguntadora vã, de quase nenhuma glória e resultado (nos versos 40-41, com sua bela aliteração e seu jogo de metros longo e curto: *é entre mínimos mirtos que me toco / no muro*), e para quem o tempo é um ladrão de hipóteses, um acalanto de nada. O final do poema, por três versos e meio, acelera a vertigem do movimento geral.

> *Não há culpas no tempo, lento furto*
> *de hipóteses tramando seu embalo*
> *de nadas.*
> *Resta, nosso, o testemunho,*
> *45 mas tão esconso desce em seu trajeto*
> *e a ramagem dos cerros vai tão fundo*
> *que nos desentendemos...*

O homem só chega para testemunhar a fuga do real; mas até esse testemunho se turva e "desce" ao fundo onde toda comunicação cede ao desentendimento. Os versos 45-46 dão-nos a imagem sonora dessa "descida":

> *mas tão esconso desce em seu trajeto*
> *e a ramagem dos cerros vai tão fundo*

e através das vibrantes e fricativas deste último podemos quase visualisá-la. Enfim toda a existência é declarada brevidade e simples eco. E quando pela terceira vez o poeta utiliza a palavra *aqui*, já se refere agora ao destino, onde antes aludira ao auto-conhecimento (verso 14) e à razão dele (verso 35). Na divisão ternária do último verso todo o poema se resume:

não estamos aqui, cumpriu-se, ardemos.

A primeira parte é a idéia iterativa da impossibilidade de "estar". Na segunda, a finitude é expressa de forma despersonalizante: *cumpriu-se*. Na última, o mesmo e irremissível fim da existência se oferece de forma repersonalizada. Os motivos do poema acabam todos pelo recurso às recorrências características do existencialismo. De minha parte aguardo curioso o que fará este poeta, que acaba de conquistar um tão alto nível de expressão, a partir da possibilidade ao mesmo tempo estética e ética de anular a própria anulação...

Rio de Janeiro, Outubro de 1963

ANULAÇÃO
& Outros Reparos
1957-1964

"Le surnaturel attend et soutient le progrès de notre nature. Mais il faut se souvenir de ce qu'il ne purifie... qu'au prix d'une apparente annulation."

Teilhard de Chardin

ANULAÇÃO

Colisão de procura, perda, faro
e dispersão do sangue; um pouco a fúria
de pulsar onde, alheio, amor madura
seus claros; a intervalos restaurar-se
e entre vazios vê-lo: povoara
um pouco em torno uma clareira, farta
eqüação de minutos, descontínua,
e vai-nos continuando,
orvalho que nos liga e se detinha
à pura precisão de mais procura.

Limite ou objeto
de busca, desatado grão interno
de mim, que o tenho estranho,
aqui nos vemos
como se os únicos de tudo fossem sendo
nós mesmos e (algo em torno) essa minúcia
de condições: data, lugar, eco, pergunta
sem força de guardar-se
como em espaço e palma amor se guarda
e anula-nos, vertente
desatada.

Algo que nos cercasse,
algum termo de nós que amor vertesse
à brisa, seus acasos de um encontro,
efígie do perdido e um pouco o assombro
de estarmos: convivência
nula, restaurada pena, aquela
casulação do ser no ser que o pensa.

Chamamo-nos à margem
de resíduos de quando que amor seca,
trevos de inanição que vão subindo
pela sede de nós que em nós contínhamos
e tanto nos persuade
que fora se retrai, dentro nos cerca.

Aqui me reconheço
e recomponho o que forjava em peso
o giro do real, rápido escolho.
Mas nenhuma resposta nos convoca
e, só, traço num vão,
é entre mínimos mirtos que me toco
no muro.

Não há culpas no tempo, lento furto
de hipóteses tramando seu embalo
de nadas. Resta, nosso, o testemunho,
mas tão esconso desce em seu trajeto

Anulação & Outros Reparos

e a ramagem dos cerros vai tão fundo
que nos desentendemos:
breve ou eco,
não estamos aqui, cumpriu-se, ardemos.

Salvador, Agosto de 1962

Primeira Parte:
ALLA BREVE
1957-1960

"J'entrelace, pensif et pensant, des mots précieux, obscurs et colorés, et je cherche comment en les limant je puis en grater la rouille afin de rendre clair mon coeur obscur."

Raimbaut d' Orange

ALLA BREVE

Consinta amor em dar-me ao que me tem
não já de sua oferta
e resgate maior, senão também
do que colhido em nós é fúria aberta
à calma de seu aço.
Consiga amor ungi-lo de seu laço
como se em nós cingira
o menos fácil de guardar textura
em que se guarda e faz.
E possa mais,
amor, que de confisco e ligadura,
pura coisa de passe mais se tira
do que se não conhece:
dê-nos ao que nos tece
e, breve, seja embora o que mais cura
terá de convergi-lo
a amor, sede completa. E que seu furto,
agente de seu preço,
pouco de nós lhe deva: salto avesso,
saiba amor reunir o que foi muito
e fero. E seja então todo tranqüilo.

Bruno Tolentino

FLAUTIM

Guardaremos juntos
os acertos, breves,
os enganos, fundos,

e aquele remoto
amparar de parcos,
altivos escolhos.

Cairão o signo
e a secreta cinza
desse ardente enigma.

Não lamentaremos
mais que o desencontro
dos humanos termos,

a rápida marca
que o passado imprime
na face, na máscara,

e os puros despojos
que às vezes são versos
e sempre são ossos.

Anulação & Outros Reparos

Não diremos nada
dos velhos desejos
que a memória abraça,

sem qualquer palavra
não recordaremos
o que nos pesava,

mas apenas isso
que nos pese ainda:
ter vindo, ter sido.

Bruno Tolentino

PASTORAL COM EMILY DICKINSON

A severa alameda
abre os braços em ti:
entre os ramos de seda
a que a chuva te uniu
nos dobramos à terra
que tentara cobrir-te
e o amor te desenterra
e encontramos-te aqui.

Tênues veios eternos
contam coisas de ti:
que domaste os invernos
e soubeste sem fim
a certeza das heras
que desdenham florir,
pólen alto que eras
e não eras daqui.

Que retiro nas asas
quando pousam em ti!
Entre limos e brasas

Anulação & Outros Reparos

ensinaste que assim
solitários teares
permitiam fluir.
No veludo dos ares
vens e vais, Emily.

Bruno Tolentino

COPO

Não é o mesmo cristal de copo,
    não é o mesmo.
Que outros o tomem, eu nunca toco,
    eu vejo.

Olhos abertos, sentido atento,
    nenhuma fuga.
Clarividência roendo o tempo.
    E lúcida.

Dois olhos secos são muito pouco
    e a vida muita.
Não é o mesmo cristal dos outros:
    tudo muda.

Não é o mesmo: eles se perdem
    e eu me perco.
Mas vou mais fundo. Todos esquecem.
    Eu não bebo.

Anulação & Outros Reparos

FRAGMENTO DE UM CORO

Nós
        os de cinza e tempo
nós os de olhar barrado
nós os de céus ardendo
e ventos desfigurados
nós os de mito e queda
nós os de mãos atadas
ecos
        desdobrando
                gritos
mudos mantos desdobrados
nós silenciados muros
de desesperos caiados
nós cegos irmãos em luto
por mundos manietados
nós sonâmbulos
            remotos
nós vagos
só recordados
os estáticos andantes
escuramente pisados
nós os egressos da sede

Bruno Tolentino

diuturnamente velada
nós o exílio de nós mesmos
viva lâmpada apagada
nós entre o infinito e o medo
esparsos
           desencontrados
nós frios
de cinza e tempo
em tempo e cinza
              encerrados

O MORTO HABITUADO

Não são leves os laços
do absurdo exercício:
o homem lado a lado
com seu laçado ritmo,

muito menos cumprido
do que dependurado,
plataforma do umbigo
ao pescoço do hábito.

Mas ao engravatado
qual o conforto vindo
provar que o inimigo
não inventou o laço?

Por outro lado, fausto
de que secreto visgo
se o absurdo do ato
costuma ser tranqüilo?

Discreto e convencido,
como não dar o laço,

Bruno Tolentino

rebento do risível
com o bem comportado?

Conhecer o ridículo
quando se chama exato,
isento de impossível
e impossibilitado?

Damasiado antigo,
já não é bem um trato:
vertical compromisso,
enforca-se o enforcado.

MECANISMOS

Havia um azul sereno
naquele roxo florindo,
o jardim dava no tempo
e o tempo passava rindo.

É tudo de que me lembro.
Quase nada do que sinto.
Deu-se a flor ao pensamento
entre a memória e o instinto.

O mais é aquilo que invento,
as músicas que mal digo,
orvalhos que ficam sendo
daquele jardim antigo.

VIGÍLIA

A noite é uma sombra azulada de espelhos avulsos
sem socorros ou penas, feita apenas do próprio peso,
onde o canto dos galos é um louco a cortar os pulsos
na íntima praça do exílio em que vive aceso.

Por acaso teu nome era um sopro do lado escuro,
onde nada se pôde entender do que andava escrito;
há uma hera final, mas fui eu quem a pôs nesse muro
que dá para o lado acordado do sonho de um grito.

O chão chovido é um fim de lágrima sem dono
e a minha força de pisar-lhe em cima é o desespero disso:
nada há mais a perder ou achar para fora do sono
e voltar aqui é um ruído de flor que acordou sem viço.

Do outro lado de tudo não é mais um rosto que eu procuro e
                                                                         [perco,
é um desfolhado sopro que mal reconheço no instante em
                                                                         [que escrevo,
onde há qualquer coisa de teia voltada contra o próprio
                                                                         [cerco
e onde anda um perfume semi-subterrâneo de inclinado trevo.

Anulação & Outros Reparos

O meu terror de andar sobrevivendo só é um lampião a
                                                             [esmo
e não se entende bem por que ferir a sombra quando tudo é
                                                             [sombra
e esse eco perplexo ante o lábio do tempo ainda sou eu
                                                             [mesmo
sobre cujos ombros — lento, exato, frio — tudo, tudo
                                                             [tomba.

Bruno Tolentino

PROMETEUS SQUARE

Quem sobrevive em vão
desse líquen se nutre
em que se rói, abutre
intacto, o coração.

Ouve a absurda mão
no hífen da lembrança
tecer do que destrança
a oblíqüa comunhão.

O perdido, o que não
guardou cor ou aroma,
eis a sorvida soma,
a mansa insurreição.

Descorçoado chão
em que pisava o oculto,
não somos esse vulto,
mas quem somos então?

RUMOR

Escuta o tempo queimando
dia e noite, noite e dia
aquela dor que doía
e agora já não dói tanto.

Escuta o tempo crestando
com sua fogueira fria
aquele jardim que havia
defronte daquele banco.

Escuta o tempo mudando
a pedra, o ar, a agonia,
tudo o que ainda resistia
com seu desespero manso.

Escuta o tempo passando
pela ampulheta vazia,
cinza solta do que havia
de ir apagando e apagando...

O ESTRAMBOTE

Menos porque de amor me obrigue o fado
do que por um cantar a que me abrigo,
menestrel, menestrel, eu vosso amigo
me tenho de alaúdes contentado.

Bem sei que meu descante anda encantado
de uns olhos que não vêem a sós comigo
e o mote que glosei de tão antigo
quase não tem lembrança do lembrado.

Mas porque de esquecer me sei liberto
e se acaso esquecesse guardaria
o som desse esquecer ainda mais perto,

tranqüilo vou nas cordas desse dia
em que me perco e encontro — e é mesmo certo
que nem convosco sei melhor valia

nem posso imaginar melhor deserto.

LIVRE SEXTINA

Diante da leve porta
tudo se faz mais leve.
Seja-nos dado em breve
o instante menos triste
da estranha face morta
que sob tudo existe.

Caiu em mim, de triste,
a hora e faz-se morta.
Seja-nos dada a porta
e sua sombra leve
já que o passar é breve
e só o instante existe.

Cobre-se a hora morta
da hera de eu ser triste.
A cinza pousa, leve.
Ontem já não existe.
Ninguém bateu à porta.
É tudo breve, breve.

Bruno Tolentino

Um grito, por mais triste,
é ainda muito leve.
A dor mal chega à porta.
O canto mal existe.
Resta essa hera, morta,
e alguma vida, breve.

Breve, banida a porta,
soluço algum mais triste.
O abraço, de tão breve
é sopro, mal existe.
A forma é natimorta
matéria rasa, leve.

Leva-me logo, ó Leve,
Mestre da Rosa Morta.
Eu sou o mais que triste
que te tocou à porta;
suspende ao que inexiste
meu salto humano, breve.

Anulação & Outros Reparos

VISITA DE FINADOS

Pedra rasa, sem pergunta.
Líquens e limos em torno.
E as palavras uma a uma
abolidas, como o corpo.

Leve sopro. Lume breve.
Tudo dar apenas nisto:
choro extinto, lábio inerte.
Desapego. Desperdício.

E um vago vento por cima,
passando, que tudo passa.
A tênue sombra votiva
de sequer deixar-se marca.

Bruno Tolentino

AGONIZANTE

Pela lágrima exata
não te enderecem a mim
o tardio socorro,
a inútil madrugada,
tua queda de ouro,
teu espanto de prata.

A árdua colheita exausta
não te enderece a mim
que por acaso vim,
entrecortada asa
de repente pousada
em orvalhos de fim.

Não te enderece a mim
a desarticulada
ausência sem encontro
porque eu já era outro
quando apesar de nada
desencontrei-me assim.

Basta saber que morro
à sombra de um jardim

que me atravessa a alma
sem perceber que falta
precisamente o sono
de cada cicatriz.

Mas que sobre o meu corpo
nem relva alguma cresça,
nem a tua tristeza:
foi assim que eu me quis
e a terra que resvala
dentro da minha calma

não te endereça a mim.

Bruno Tolentino

TRANSFIGURAÇÃO

Aqui, de pé no tempo em que me perco
em vão movendo mãos que a morte junta,
assombro-me de tudo quanto esqueço
para sempre e sem lágrima nenhuma.

E esse sangue domado, essa permuta
de mim por mim, daquele muro em beco,
da sombra em sombra nova ou desse mesmo
eclipse do sonho em seiva surda,

não sei já se me dóem, se apenas rangem
nessa tremura que de amor se perde,
âncora solta entre as marés do sangue —

recordado, talvez, mas tão de leve
que à pele quase intacta do instante
embalo meu espanto, e ele adormece.

A *BALLATETTA* DE GUIDO CAVALCANTI

'Perch'i' non spero di tornar gia mai...'

Porque não espero mais voltar um dia
eu à minha Toscana,
vai tu, Balada minha,
direito àquela dama
cujo deleite eu tinha
e cuja cortesia
te há cobrir de afeto e de honraria.

Dá-lhe notícias de que me lamento
cheio de dor e medo,
mas guarda esse segredo
das almas vis, imigas de quem ama,
que elas te desviariam dessa dama
para maior tormento
da minha triste sorte;
e acaso não te ouvisse o meu amor,
até depois da morte
matar-me-ia a dor.

Tu bem sabes, Balada, o quanto a morte
me abraça enquanto a vida desfalece,
ouves meu coração bater mais forte
à idéia que nenhum mortal esquece.

Bruno Tolentino

Tanto se acaba já tudo o que eu era
que mal logro sofrer,
mas se tu me quiseres socorrer,
no instante em que parar meu coração
faze o que eu mais quisera:
vai e leva a minha'alma pela mão.

Confiado, ó Balada, na amizade
que me tens, a alma toda recomendo
que àquela dama a leves, por piedade
do amoroso do amor, que está morrendo;
que lá, diante dela
te apresentes por mim
e contes tudo, tudo a essa donzela
que foi o meu amor,
ou que lhe digas simplesmente assim:
"para servir agora um servidor
do amor, Senhora, é que servir-vos vim".

Enfraquecida voz, voz quase finda
do coração que chora a sua música
cheia da alma que estremece ainda,
vai buscá-la, ó Balada, a minha Musa:
hás de encontrar uma mulher tão doce,
de tão doce inteleto
que estar-lhe aos pés há de te ser dileto
como o sentido amor que a ela te trouxe.
    E tu, minh'alma, adora-a
      por seu valor, como eu a adoro agora.

(Rio de Janeiro, 1958)

PAUSA PARA CIRANDA

Peço pausa e licença
ao morcego e à telha
de vidro
(e escreva isso
com quatro letras!) rosa
pelo verde da cerca,
para pedir licença
apenas à memória.

Som que já não colore
a desbotada infância
do coelho, da corneta,
dos meus trevos no tempo
que desescreveu isso
com suas cinco
letras.

Asa de borboleta
perseguida à distância,
que não foi nem um quadro
e não pediu licença
ao menino sentado

Bruno Tolentino

nos ladrilhos da grande,
alta, fria varanda.

Onde será que anda
— com licença de quem? —
meu cavalo partido
dito o Corisco
isso
que se inscrevia em nuvem
e de repente é mito
também?

Também pedir licença
— insensível penugem —
às poeiras do estrôncio
sobre nossas cabeças
a minha e a tua e nada
mais sobre o que de ontem
já estava dispersado,
meu coelho, meu cavalo,
minha fogueira,
telha,
morcego, tudo estava
aqui
      — não está mais.

Que se minha palavra,
meu discurso de paz

repetido por ti
quase não vai cobrir
mais nada
         onde andam
as populações mudas,
imóveis, eloqüentes
como argola de prata
e que eram a minha gente?

Por que discurso passam?
Em que alheia despensa?
De alta, murada, abstrata,
ladrilhada varanda
a se soprar no tempo
onde pede licença
para a sua ciranda
o sonho do que eu penso
e ando
    (onde?)
         criança.

Bruno Tolentino

ARCABOUÇOS

Livres de nós, por dentro,
há solidões e uns restos no cercado
da memória
e mais que tudo livre
há a cinza com certeza a se pensar que basta e vive
(ou não?)
           por todos os lados.

Livre, dentro de nós... Tanto melhor, pois que
mitologia bastaria se
no templo errado a mão cerrada e nós
por um plano perfeito nos livramos
entre arestas e o humilde fim de chamas
que nos serve de voz
e era um contrafeito
espaço para nada ou com tão pouco
que em tudo de repente era-se outro
e, cada um mais só, fica-se a sós.

Nem se arrasta o que sobra com mais rosto
do que no fundo do cristal se refletira,
e quem nos diz que nunca foi mentira

se nos desempenhávamos com graça,
trocando por um resto hilariante
tudo quanto passava
     e passa
e é o mesmo rosto
entre a bateia, a superfície e as cintilantes
margens de coisa alguma.

Dai-nos, uma por uma,
aquelas graças que empilhávamos no peito
e os cravos do rídiculo
e o lenho de trejeitos
e os espinhosos ritos de saliva
       e a fala avulsa
e a cara impressa em cotidianos de ido e oco
e o mais pelo que nos trocamos
(e foi sempre tão pouco!)
por onde de joelhos, bem nus, nos devolvamos
ao mais secreto, ao mais humano,
ao mais sem culpa.

Nem tão livres de nós,
mas com razão muito mais grave,
toda a eqüação do ser seria um salto sempre
por vazios alpendres
e a vaga voz que urdíssemos
um remoto solfejo entre lábios e limos
muito acima de portas, sem precisão de chaves.

Bruno Tolentino

CONTRIÇÃO

Ah, a súplice dor dessa enxurrada
animal, que te estreito, alma, tremente
espanto, ávido orvalho dente a dente
em teus claros de rosa revelada!

Não te doas de mim que oscilo em nada
e me desfaço em ti como quem sente
a taça breve, a breve fímbria, a urgente
ausência em que resvalas, abrasada.

Galopada às raízes, não te doas
dessa fúria de pétalas, vermelha,
a que te elevo em pólen e abro em rosa,

mas ampara esssa dor que se ajoelha
ante o teu ventre, ó pasto entre as coroas
mais farpadas de um ninho, ó dolorosa!

NA MORTE DE LÚCIA MIGUEL PEREIRA

I. PRECE

Há um absurdo susto mudo
que se consome sem palavra
na oscilação desamparada
de não saber por que motivo.
Pelo adro escuro a alma se curva
sem alcançar a quem pergunta
por que razão, com que sentido.
Então choramos, amputados,
não esse chão desnecessário
ou esse amor sem ser preciso,
essa violência em vão choramos,
esse magoado desperdício,
o violentado dobre humano
que de repente resumimos.
Tão rasos somos, e tão nulos,
vertiginosamente avulsos,
espantosamente restritos,
que ardemos sós, todos, tolhidos
pelo mesmo áspero muro.
Em tua cinza me procuro,
tonto de um póstumo carinho.

II. AMOR

Devo
desatar o universo, sua álgebra,
seus pesos e categorias, do remo à oscilação
do ritmo
para quantos o herdem e guardem
em si, que se confunde e às vezes súbito se perde
na curva do vento — aquele no alto,
este fundo por dentro
                      mas devo
curvar-me bem a esse visgo da terra,
sabendo que já não te encontro nunca
nunca mais
te escutaria se ficasse
deste lado da coisa
oscilante, terrena, essa gosma
de mundo em boletins
de inaterrissáveis pêsames
                            e a mim
devo-me, à abstração desse abusivo
segmento de asco, não
devo mais perturbar o universo em que giras
de agora até mais nunca
entre meu verso e esse maior sem pauta e sem possível
localização onde caímos, ali devo
não perturbar nunca mais entre nós
o uni múltiplo mínimo e único verso

e de rosto voltado partir o universo
entre um prazo e um beco e um corpo
não,
não devo exumar um sopro?

Mas então
esse canto impedido de cinzas,
meu adeus dispersado,
para que mudo solilóquio se encaminha
em nós
que margeamos esse fosso
final
fartos do pasto absurdo do homem
e seu feno de lógica e impotência
e cuja fome, acima, de mãos dadas
atravessamos
     ah, aonde
foste dar? Difícil
achar-te no mapa, enganoso
pensar-te entre lajes de calma pousada,
rápido traço, ó tu de asas alheias,
dançarina de raptos alados
e seu gasto de nuvens, quotidiano,
e ainda uma vez definitiva recusa
a esses vácuos da terra
     ah, onde
foste dá-me
essa mão que era mesmo já muito de cinza,

dá-me
esse lábio de cinza, esse riso de cinza,
esse resto
da cinza que eu irei juntando a tudo
em mim de esparso e inatingido,
e com tudo nos braços
sou teu elo e tua urna e teu filho e teu parto
contra a pergunta em nós de todo exílio
POR QUÊ?
        torre traída
tripulante anônima do vento e esse pedaço
de poeira
        amor
talvez
no meu sapato.

LOUVOR A UMA URNA FÚNEBRE
(HART CRANE)
"It was a kind and northern face..."

    Era um rosto nortenho e doce
    em que se misturavam o encanto
    do Pierrô de olhos de louça
    e o riso franco de Gargântua.

    Os mansos corcéis do tufão
    que soltava sobre mim sem freios,
    entendo-o hoje, eram heranças, não
    meros sonhos ou devaneios.

    Certa vez a lua, no vórtice
    mais inclinado da colina,
    fez-nos pressentir que nos mortos
    algo de vida não termina,

    coisas d'alma, um repositório
    comentado insistentemente
    pelo relógio do crematório,
    sem de todo excluir os presentes

Bruno Tolentino

louvando o último descanso,
cantando glórias... Ainda assim,
e tendo em mente o ouro sem fim
de uns cabelos, já não lhe alcanço

rever o rosto, a fronte vincada,
sinto falta da seca estocada
das abelhas contra o campo branco...
Quanto a estes bem-intencionados

estros meus, não lhes tenham dó,
somem-nos à fumaça outonal
dos confins da cidade: afinal
eles não são troféus do sol.

(Petrópolis, Verão de 1959)

Anulação & Outros Reparos

O ESTRAMBOTE DO MORRO DO ENCANTO

Tomo o café amargo
que me trouxeram; tomo-o
como se toma um símbolo
incompreensível, como

a vida de um só trago.
E acendo-me um cigarro
por não ter um cachimbo
como não tenho um carro

e não tenho um cachorro.
Foi atrás de um feitiço
ou por causa de um porre

que eu vim parar no Morro
do Encanto? Enquanto isso,
coração enfermiço,

nem te curas nem morres.

Bruno Tolentino

RETRATO DE MARLY DE OLIVEIRA

O mármore moreno, a calma estela,
o que mal se pressente e é só murmúrio,
a lenta floração, a flor interna,
o sumo breve e brando e alto e uno

deram-se as mãos às flautas e às serestas
mais doces, mais recessas, mais sem rumo,
e à volta de seu corpo (ou sua pluma)
tecendo vão seu chão de coisa aérea.

É ela, a fonte alada, a asa da pedra,
o veio diamantino e diuturno,
a síntese volátil sem o mundo,

e, onde quer que a conduzam, a mesma, a eterna.
Que mais dizer que coroasse aquela
que, tão mais voz que face, é fluida? Bela?

L'EVOCATION A L'IDEE
(Le Vrai Le Vain, 1959)

Tu entoures le coeur comme un feu minéral,
tel un mercure noir s'emparant d'une artère,
vers un noyau de nuit poussant une onde amère
en mille éclats d'un verre illusoire et létal.

Tu n'aimes pas ce monde où les lèvres font mal,
où l'écorce des yeux doucement s'adultère,
où l'épine du corps écorche son mystère,
où le dormeur grandit à son ombre inégal.

Tu t'enfonces au plus mou, mensongère livide,
conductrice d'un jour où le regard se vide
de tout espoir mortel, ultime cécité.

Tu n'aimes pas ce feu qui infiniment s'achève
ni ce feu qui revient, l'interminable sève,
tu n'es pas de ce monde où s'effeuille l'été.

Bruno Tolentino

PRECIOSISMOS

Preciosas, todas as categorias
do isento se desatam:
ridículo o riso, ridículo o lábio
e o gesto e a proporção, etc. Ridículos.
Ridículo o risível,
o grave, o inconforme,
ridículo o nascente, nascer, o ter nascido,
e as fórmulas secretas, infalíveis, prementes,
satisfatórias, débeis, ridículas.
                              Ridículos
o ser e o seu não-ser, o pré, o consentido,
o buscado, o ridículo, o sério e sua cara,
o mago e seu consolo, o vivo e seu sigilo
de perda, e no perdido
o ridículo mesmo
e ainda, do ridículo,
aquele, o desdobrado
de se saber ridículo, o ridículo e o outro.

De ridículo faz-se o nosso e o que se fez
sem nós já se refaz ridículo
e então somos.

Que resposta lhe ocorre,
se o ridículo
é o ridículo em ato
e não o eco
          o desacerto
                    o fluxo,
tudo categorias do ridículo apenas,
nada
mas infinitamente unos
vamo-nos de mãos dadas, dança de absolutos,
ao encontro da foice, de ridículo ungidos.

Que o estrépito da morte ainda é ridículo,
r-i-d-í-c-u-l-o-s
baixaremos ao sangue intransitável,
sorrindo.

Bruno Tolentino

PONTEIO

Em que ritmo vai-se
e em vão se vem?
Estamos em compasso
redimidos
ou interlimitados nos trocamos
por medida e convívio?
Chega-se? Foi-se? Acaso
conosco era possível?
E se fôssemos outros
        em que nada
seríamos?

R. M. RILKE: *CINCO SONETOS A ORFEU*

I/2: *Und fast ein Mädchen wars und ging hervor*

E fez seu leito em meu ouvido e era
uma criança quase, que surgira
da harmonia do Cântico e da Lira
e brilhava entre véus de primavera.

E em mim dormia. E tudo era seu sono:
as árvores um dia admiradas,
o sensível distante, as planícies pensadas
e cada espanto em mim, cada abandono.

Ela dormia o mundo. Ó Tu, conforme
que lei a reclinaste que ela nem
pedia que a acordasses? Veio e dorme.

Onde sua morte? E a refarias sem
antes perder teu canto a doce frase?
De mim se vai, aonde? Uma criança quase...

I/4: *O ihr Zärtlichen, tretet suweilen*

Ó vós, os delicados, penetrai
nesse sopro que nunca pensa em vós,
deixai-o desdobrar aquela voz
que em torno a vós se une e freme e cai

em vós... Oh, os eleitos, os que são
de cada floração o início terno,
arcos da flecha e alvos da flecha, eterno
vosso sorriso brilha em lágrimas — oh não

temais o sofrimento: o grave peso
à terra devolvei-o, à terra o peso.
Pesados são os mares e as montanhas.

E mesmo as árvores da infância são tamanhas,
plantaste-as e não cabem em vossos braços.
Ah, mas os ares... Ah, mas os espaços...

I/16: *Du, mein Freund, bist einsam, weil...*

Tu, meu amigo, és solitário pois...
Conquistamos o mundo pouco a pouco
(ou o que dele é frágil, perigoso)
só com palavras e sinais dos dedos.

Quem aponta um perfume? E quem te pôs
esse teu faro de ameaças nuas,
tu que sentes os mortos e recuas
ante a fórmula mágica: tens medo.

E eis que juntos nos cabe ir suportando
peças e partes como sendo Tudo.
Difícil ajudar-te. Sobretudo

não me plantes no peito: eu cresço muito.
Ah, guiar a mão do pai, lhe revelando:
Aqui. Este é Esaú. Ei-lo aqui junto...

I/18: *Hörst du das Neue, Herr?*

Tu escutas o Novo, Mestre? Sente
que ruidosos tremores!
Vem com a exaltação de anunciadores,
ousadamente.

Certo é que ouvido algum se salva, nada
no engenhoso tumulto,
quando a parte mecânica ergue o vulto
quer ser louvada!

É a máquina, vê como concebe
a vingança que gira e salta, sente
como nos desfigura e enfraquece.

Mesmo se é nossa a força que recebe
e sem paixão alguma, friamente
move e serve.

II/15: *O Brunnen-Mund, du gebender, du Mund*

Boca da fonte, ó doadora, lábio
da infindável linguagem una e pura,
ó tu límpida máscara de mármore
no rosto fluido da água que borbulha,

canta nos aquedutos... Vem distante,
chega dos Apeninos, ronda tumbas
e vem trazer-te a fala que murmuras,
as sílabas que vão enchendo o tanque

ante o teu velho queixo escurecido.
Tanque que é a orelha em mármore dormindo
onde vertes a voz. Terrena orelha,

que a Terra a si se fala e quando um cântaro
acaso se interpõe, quebra seu canto,
parece-lhe que ousaram interrompê-la.

(Rio de Janeiro, 1958-1960)

Bruno Tolentino

ARS POETICA

Contra os cacos do tempo essa fogueira
de ângulos, essa análise, esse corte
preciso entre os motivos: a açucena,
medida entre os conceitos, dobre a dobre.

Celebrações que imitam uma violência
no adro vivo da beleza correm
entre as palavras camuflando apenas
a cinza protelada, o ai que morre.

Tudo pousa no fundo e um limo o cobre,
e as lentas descrições do esquecimento
derivam junto ao pó, e tudo sofre

e a hera seca e o muro cai por dentro,
mas certo incêndio solitário pode
a seu vitral sem face atar o tempo.

UM MAPA PARA VIVER

Vida isto
este estar consciente
haver somado, poder dispor
compor, conjeturar um verso
um gesto, um rito
vida isto
linguagem conquistada e reclusa em seus termos
ou não termos
              alma
vontade, antes
quando, se
            e vida

isto, vida, qualquer coisa captada
sorvida, metrificada e sobrevivida
eu era, tu podias, nós não temos
e verso e posse e limite e vida
isto
de repente sempre algo perdido
quase tudo perdido
e súbito a coragem de sabê-lo
vida isto arte

um sangue seu bem dito
para sempre medido
sem o sempre ou o porquê
e a aceitação ou o mero encontro disto
vida, algo vida, nada
e vida
        eu e um jogo possível de sílabas
nós ou alguém com seus fonemas correlatos
suas datas, seus fatos
nossos mortos e mastros
e o que os sucede e passa
e mal se ausenta
é vida, é aquela
flora secreta e interior tanto mais densa
que o lábio a dessedenta
e é engano e fonte
em nós que perguntávamos e somos
pensado rosto, lento rosto
                    resto
de indiferentes divisões
e a soma
tão fora de contexto
                ainda é resumo
mais ou menos
a sílaba sentida e acaso a vida
e ficas só
e o aceno grava a mão suspensa

Interlúdio:
A ELEGIA OBSESSIVA
1958-1959

*"But, O! ambitious heart... The abstract joy,
the half-read wisdom of daemonic images
suffice the ageing man as once the growing boy."*

William Butler Yeats

Primeiro Movimento

Embriagado de luz, tão à vontade
no barco de Odisseu quanto o velame,
ouves soprar as flautas de um enxame
que é mera tentação, pura metade

de uma meia-ilusão... Mas não te alarmes,
meu coração, o vento vem mais tarde,
Ítaca vai voltar: Circe e seus charmes
conseguem inebriar a alma covarde,

mas não por muito tempo. Eqüidistante
das coisas todas como a poesia,
o vento leva o ser sempre adiante;

malgrado a escuridão e a calmaria,
calma, meu coração: virá o instante
em que te vais somar à ventania...

II

"Quem era aquele arqueiro?" perguntara
um zéfiro a uma ninfa comovida
ao perceber que a pobre suspirara;
e ela, olhando a luz descolorida,

tornando a suspirar fechou-lhe a cara...
Pensaria na flecha despedida
do arco teso do sol, que enchera a vida
como o arco-íris enche a tarde clara

e um dia se esquecera de voltar...?
Talvez. Em todo caso tinha o ar
da concha molestada que se fecha

a toda indiscrição, mesmo à de um zéfiro:
como falar de um vôo, do mistério
que faz de cada arqueiro o irmão da flecha?

III

Porque eram um só Centauro aqueles dois:
unidos montaria e cavaleiro,
eram a seta que ergue o chão primeiro
e vai se constelar no ar depois...

Foi tudo assim: veloz, fugaz, certeiro,
solar... Mas foi-se a flecha, o sol se pôs,
e tudo o mais murchou como se fosse
um girassol murado num canteiro.

Aquela ninfa, aquele zéfiro e eu
hesitamos demais em dar o salto
e quando tudo desapareceu

na curva da colina azul-cobalto,
ficamos mendigando a luz no alto:
três girassóis olhando para o céu...

Bruno Tolentino

IV

Ah, girassol no escuro, testemunha
da coisa separada, girassol
tão longe do modelo quanto a alcunha
em vez do nome, és a metade só!

A rosa-do-deserto é mero pó
sem seiva nem calor, enquanto a tua
é a solidão maior: perdes o sol;
à rosa fria basta a luz da lua...

A tua dor é viva como a chaga —
tu vais de um lado ao outro do sensível
com aquela febre do que não se apaga,

tão parecida à nossa e tão risível
quanto a esperança humana — até que vais
baixando o rosto que não pode mais...

V

Baixa os olhos à terra que trocaste
pelo ouro de um rosto: veio o Outono
que haveria de vir e cada haste
— alta, ereta, solar — perdeu o dono,

as pétalas pesadas de abandono
já mal sustêm a pose que imitaste;
baixa os olhos também e pede ao sono,
às pétalas do sono, que te baste

essa consolação de aparentar-te,
tu também, resignado, à flor solar
que baixa o rosto quando o dono parte.

Para não presumir do teu lugar
no reino iluminado, aprende a arte
do girassol e vai baixando o olhar.

VI

Enquanto isso, pensa: tens um rosto?
Antes de responder, e por mais certo
que te sintas, observa-te ao sol-posto:
te pareces ao cacto do deserto,

a silhueta é escura e cada gesto
é um espinho enviesado, um dedo morto
apontando o vazio... Um cacto, um corpo
acusatório denunciando o resto

do universo vazio. Mas confessa
que confundes o sol a uma cabeça
raptada pelo céu. E que teu rapto,

esse arremedo de literatura,
é mera imitação daquele rápido
esplendor traidor da criatura...

VII

Eram nuvens e nuvens
de uma revolução
alada, eram penugens
de uma iniciação

às asas, à estação
das alturas volúveis
como o brilho das uvas,
como a imaginação,

a febre que há na véspera...
As espigas, as vinhas
do sol na alma nua

— que tão logo vieram
deixaram-na sozinha:
porque não eram suas...?

VIII

Ou porque brilha em tudo como que um sumidouro
sutil de evanescências
e tomas os reflexos, a poeira de ouro
de umas fosforescências

febris e musicais como evidências
de que o instante mortal é um sorvedouro?
Mas te parece natural que um mero coro
assim, de asas, de ausências,

persuadisse, lograsse
te convencer de que o ser é um impasse
entre o eterno e o tangível?

Olha: é tudo invisível...
Tudo é bem mais do que a agonia de uma face
à tona do sensível.

IX

Aguarda a majestade da Beleza;
não a breve eclosão do amanhecer,
mas a límpida música do ser
que o absoluto empresta à natureza

e a alma não tem como devolver;
verás que tudo chega de surpresa
e arde sem razão; que há uma nobreza,
uma soberania de perder

e sofrer e esperar... O puro luxo
da luz virando lânguido repuxo
vai voltar a ser teu — vais ver o rosto

do Centauro, e o vais ver de igual a igual:
toda constelação guarda o sol-posto
entre os fios de luz da noite astral...

X

Não? Não me crês? Crês que o cendal da luz
consegue esfiapar-se? Que a ferida
pode abrir-se e fechar-se, mas que o pus
da negação, da dor, da despedida,

é o único perfume desta vida,
é só nisso que crês? És o avestruz
enterrando a cabeça espavorida
exatamente onde ainda agora a pus...

Pensa bem: a criatura é perecível
ante o brilho dos dentes do invisível,
mas, efêmera ou trágica que fosse,

jamais deixou de ser — não lhe é possível...
O Centauro ao morrer transfigurou-se.
A luz que já não vês ficou mais doce.

XI

Irei a Delfos suplicar à vida
uma troca de dotes: que seu cálice
me seja amargo a cada desenlace,
que eu sangre a cada nova despedida,

mas que à vista da porta da saída
consiga celebrar seu germinar-se
de transfigurações! Nem um disfarce,
nem um cego portal — uma medida

incontornável do real — que a morte,
a sombra que enobrece a dor confusa,
venha a ser para mim uma consorte,

a noiva prometida, a única Musa
a me servir de escudo e de suporte
ante os olhos vazios da Medusa...

XII

Que mal me seja e eu nunca forme um par
senão de opostos, mas que o eu-sem-mim
ponha meu corpo inteiro e a alma enfim
onde quer que me toque tremular.

Que eu chegue a ver assim, em pleno ar,
na luz desabitada ante o marfim
dolorido da arte o meu lugar,
o costume em retalhos do arlequim!

Que ao modo de Leopardi, que compunha
apenas para si sua harmonia,
que eu tire a tudo a música mais fria,

o mármore mais grave e, como a alcunha
abusa um nome, entoe uma elegia
obsessiva a um deus sem testemunha.

XIII

A terceira pessoa da trindade
hermética no belo santuário
da serpente e do Apolo perdulário
entre o umbigo do mundo e a eternidade;

essa figura ambígua, divindade
indisível do enigma trinitário
cujo altar era todo imaginário,
talvez seja o penhor da realidade.

Nesse lugar de um deus que se ausentara
para que cada qual o concebesse
segundo as perfeições que a alma prepara,

ali, em Delfos, nesse cume, nesse
absoluto em êxtase amanhece
o eterno a interrogar-nos cara a cara!

XIV

Viu-o o lobo-do-mar que deu a vida
ao lograr remover uma arquitrave
de sobre um marinheiro antes que a nave
soçobrasse: afogou-se ao fim da lida,

vitorioso, exausto... Essa medida
da liberdade humana, tão suave
e dolorosa quanto estóica e grave,
roga por nós à porta da saída...

Saberás ir-te assim? É o mais amado
dos anjos todos quem se imola à dor
da criatura que padece ao lado;

vale todos os leques do esplendor
um rosto em agonia, transformado
no servo sacrificial do amor.

XV

Por muito que me pese, que me doa,
o dom da Cruz é mais que uma sentença.
Só o Criador sabe o que faz e pensa.
E o que Ele espera sempre da pessoa

é o exercício do amor, que morre à toa
ou morre bem. A grande diferença
entre as paixões do ser é que na proa
de cada embarcação, sempre propensa

ao orgulho de si, o navegante
prefira sempre o outro e não lhe importe,
como tampouco a Deus, se é um almirante

ou um mero marinheiro. A vida, a morte
e o amor dão no teste de um instante
e só o dom total confirma o forte.

XVI

Porque enfim não espero
demorar-me na festa
vagamente nefasta
como todo exagero,

o burburinho, o cheiro
do arroio que te arrasta,
corpo, meu companheiro,
breve beijo na testa

da alma, a almazinha
parente da Sibila
e sempre mais sozinha,

sempre diminuindo,
flutuando intranqüila
na ânfora do infindo...

Segundo Movimento

Mas vem o amor, o amor que faz tão doce
o travo em que circula à flor do instante,
e entre resíduos vai como se fosse
suficiente, plácido e constante...

Mas se é amor é muito mais cortante
e em lâmina tão leve disfarçou-se
que por melhor alar seu golpe pôs
cintilações de ganho em cada instante.

E a alma se insurge, cobra a amor que abrande
seu ginete malsão tonto de posse,
esse peso de corpo que a alma torce

e não doma, esse breve, esse bastante
soluço da vontade no imperfeito —
mas a alma cede, a alma sucumbe ao peito...

Bruno Tolentino

II

Uma cabeça altiva, de amazona:
o olhar vôo rasante de besouro
e a cabeleira quando se abandona
à brancura da nuca como o touro

à estocada... Um sabor de beladona
põe seu gume na boca tentadora
e uma espécie de ninho paira à tona
do ventre entreaberto à luz que doura

penugens de poeira... É assim a tua
maneira própria de imitar da chama
a dança rápida, és a chama nua

cada vez que me abrasas como a lua
endiabra a maré que se derrama.
Como as duas não cabes numa cama.

III

Tens mudanças ousadas e voláteis,
como quando atravessas o lençol
para enlaçar-me como a Via Láctea
ao Centauro montado pelo sol...

E estremeces, no entanto, como a haste
que a brisa foi tentar e, como o sal,
resplandeces impura sem que baste
a si mesma essa alvura, esse coral

gesticulando na corrente escura...
Em labaredas mais e mais inquietas,
sumidouro carnal da criatura,

a anêmona das pálpebras secretas
vai consumindo tudo enquanto dura
um corpo em arco sobre um mar de setas.

IV

E páras de repente! Reclinada
entre o imenso e a brancura dos lençóis,
pões-me fora de alcance aqueles dois
golfinhos soltos entre o tudo e o nada...

Então, pura explosão, lume, granada
rumo às profundidades sem depois
nem antes, como a espuma da alvorada
precede a onda do sol que se dispôs

a esperar que ela enchesse a terra toda,
recomeças de leve a mesma dança,
nupcial, celebratória — a boda

da treva elementar com a luz que cega.
Ah, misturando o mar ao céu que avança,
és toda uma avalanche que se entrega!

V

Das ventanias às delicadezas,
das brisas à amplidão vertiginosa,
nem reflexo nem réplica, és a rosa-
dos-ventos, redemoinho de surpresas!

Cintilação descendo às profundezas
ou vertente da luz maliciosa,
criatura da teia que te esposa
como as rosas da espuma as correntezas,

pões um par de faróis criando escolhos
no vendaval sutil de um par de olhos
gêmeos de dois golfinhos de ouro e seda.

De par em par agora, conflagrada,
rodas, rosa-dos-ventos, labareda,
farpa furando os olhos da alvorada.

VI

Parece-me tocar coisa nenhuma
ao tocar tua pele... Ou me parece
que és puramente a colisão da bruma
na asa do colibri quando ele desce

às tuas longas confusões de espuma...
Mas não, és a libélula, e acontece
que o lago, sendo eu, desaparece
porque pairando nele o teu perfume

afoga o resto, engolfa, abole o lago...
Não sou coisa nenhuma nesse amplexo
de levezas e asas, nesse vago,

delicado conchavo de reflexos,
se quando és toda minha é que me apago
tentando dar o laço, atar o nexo...

VII

Subitamente inquieto de chegar
tão perto e andar tão longe, refletida
e irrefletidamente vou pousar
à tona delicada e dolorida

dos teus gestos tentando me afogar.
E é natural que, confundindo a vida
à ânsia de reter-te ou de alcançar
prolongamento à coisa mal retida,

é natural que eu sofra, que me deixe
torturar ao tocar tanta leveza!
Ah, libélula livre, sou teu feixe

de reflexos, teu lago, tua presa,
tua isca ansiosa porque o peixe
pertence às evasões da profundeza...

VIII

Ah, toma-me em teus braços, diminuto
que sou nos teus abismos, e refaz
o doido instante meu no absoluto
acorde inconseqüente dos teus ais.

Quero-te agora e sempre assim, fugaz,
assim impermanente, e se o minuto
de repente tentar voltar atrás,
colhe essa hesitação, mistura-a ao susto

intermitente da respiração.
Flutua em mim, abisma-te em meu peito
e multiplica aquela divisão

que só tu acrescentas ao perfeito.
Deixa-te estar assim, pontuação
levíssima de pluma sobre o leito...

IX

Porque a hora há de vir, há de chegar
o instante em que hás de ir-te evaporando,
orvalho de um aroma, miserando
suspiro madrugado ao limiar

de uma evaporação que vem chegando...
E eu hei de perseguir-te sem lograr
reter a debandada desse bando
de pétalas e pólens pelo ar,

e hei de ficar sozinho procurando
pegadas de penugens no lugar
desse corpo que andavas desfolhando

e desfolhando sem poder parar!
Ah, paira em mim agora porque quando
pararmos tudo vai se evaporar...

X

E foi-se-te o mais doce dom da vida...
Herói de folhetim do amor perdido,
que queres? Que a andorinha distraída
faça mais que um Verão? Ah, meu querido,

ouve o que o vento diz-te ao pé do ouvido:
toda andorinha é assim, indecidida,
e a cada manhã clara e colorida
o amor é revoada sem sentido...

Não inventes agora uma razão
que enfie tudo numa nostalgia
indigna dos braseiros da emoção,

nem te permitas maldizer o dia
em que os arrulhos cessam e o coração
muda de penas para a noite fria.

XI

Morre a manhã, eu sei, morre em teus braços,
morre aquela manhã sem teu socorro
e o cheiro da memória, o último rastro,
sopra como um noturno no teu horto.

Pelas rampas da luz, no seu encalço,
o búfalo do sangue corre solto,
mas preso às grades úmidas do corpo
o sonho vai secando como um pasto...

Não importa: a manhã daquele dia
corre de desencanto em desacordo
atrás do coro da melancolia,

mas que importa aonde vai? Amanhecia,
cantavas, eras tu aquele tordo
ouvido pela própria voz que o cria...

XII

De resto, que fazer? Passar a vida
na mesma interminável elegia?
Na metrificação de uma ferida
de imitação, ecos da cotovia,

arremedos do tordo, confraria
das andorinhas todas à descida
fabulosa do sol que ninguém via,
o sol de que és a sombra enternecida?

Que há de fazer numa estação vazia
um coração sozinho, essa medida
meio abolida da melancolia?

Que hás de fazer, meu coração que o dia
embebedou e abandonou à fria
imitação da luz descolorida?

XIII

Tirar de uma gaiola a maviosa
harmonia da fábula, ou deixar
que tudo se evapore pelo ar
enquanto o colibri circunda a rosa

e, sempre estabanada, a mariposa
vem e vai e não sabe onde pousar?
Um cabisbaixo coração é a coisa
mais triste, atrás das grades sem cantar,

mas um obsessivo solfejar
da mesma nota sempre, sem repouso
e sem modulação, é um estranho gozo,

um gozo de doente... Em teu lugar
eu punha a passarada a te ensinar
a calar, coração tumultuoso.

XIV

Como seria o silêncio
a que baixe um coração
fatigado mas propenso
a um gorjeio sem razão?

Como seria esse denso
espaço em branco, esse vão
tão parecido ao imenso,
menor que a palma da mão?

Esse irmão gêmeo do sono
de cara para a parede,
entregue àquele abandono

igual ao que não se mede
e não se amarfanha, dono
só do rangido da rede...?

XV

Nada consola mais
que uma bela vinheta diluída
nas esmeraldas frias que o fugaz
traz e mistura à vida.

Deixa-te estar, a volta como a ida
são coisas da maré; nem tudo é cais,
mas a sina de tudo é a despedida —
não vás estragar tudo, meu rapaz,

por conta de uma pobre rapariga...
A água sozinha encanta. Canta-a agora
sem cura de que entenda o que a alma diga,

só por vê-la embalar e, não demora,
levar o que esta vida joga fora.
Esta vida mendiga.

Bruno Tolentino

(ÚLTIMO)
nec ut soles dabis iocos

Alma tão minha quanto os pólens levitantes,
hóspede e companheira desse corpo que eu tinha,
tu, que vais aportando a locais mais distantes,
pálidos, rígidos e nus — uma andorinha

sem os sólitos vôos, os doces jogos de antes —
leva contigo algo da luz que nos detinha,
leva-os, ecos, aromas, girândolas e instantes
que atravessamos juntos, ó tu que vais sozinha,

ó almazinha, a exalação de adventícios
momentos fulgurantes que um por um vieram
e um a um debandaram, como os frágeis indícios

que eram do que somos... Leva-os, portais e heras
que já prefiguravam, espirais do que éramos,
esses mesmos locais a que vais, mal propícios...

Última Parte:
OUTROS REPAROS
1960-1963

*"Ayant vécu l'instant où la chair la plus proche
se mue en connaissance."*

Yves Bonnefoy

COMO UM CORPO

Rasa matéria, breve
instantâneo num vácuo,
isso que fosco aflora e restrito nos fere
em círculos nos guarda
para o que um dia éramos
ou fátuo
         nos retrata
e oculta, muito tarde.

Um pouco deparamos, quase nada:
o que nos coabita
nunca se assume nem se aclara ou liga
os desorganizados
corredores do eco em sobressalto
pelo que de repente surpreendemos.

Em oblíquo nos temos
e em paralelas abrimos
os braços: entre a pausa
                    e o espaço
a memória e o ritmo,
o factível e o extremo.

Bruno Tolentino

COMO NUM VENTRE

Sabe amor dar e arder o amor que trama
prendendo-te ao que a morte não alcança,
não te alcançando ser: entranha
de três — estranha infância
essa busca de ti no acaso do que sobra.
Sobra o muro entre nós, que não tem forma.
Não vi, não viste.
O barro, a cal, a hera, ao menos são
mas tu
quando eras e serias
de mim nada te disse,
não te fiz meu: perdeu-se.
Olhemo-nos agora
com olhos que não tínhamos, que a terra
(o barro é barro, a cal é cal, a hera é hera
e cegos)
não nos furtou nem deu: és tu, sou eu.

Mas do que já não somos, e de tão
não sermos
o que nosso tentou-se ou se esperava,
filho, estilhaço, amor, tem mãos de data

e o jeito que não temos
de nos tocar e ter salta em palavras
e a suspensão da raça
entre nós interposta, universal,
vai tanto em mim esquadrinhada
(a hera é hera, o barro é barro e a cal é cal,
eu sei, mas entre nós há um muro e o nada)
que entre gravitações nos procuramos
puros e levitados
como em ti vais
que em ti também um pouco me contive
e, ritmo além do sangue,
ali pulsamos
eu que te insisto e guardo e perco
para sempre
eu mal gerado em torno a ti, tu mais que livre,
murados como um beco
no amor que nos desfez
                                      como num ventre.

Bruno Tolentino

A ÁRIA AO CENTAURO

Constelação clara,
ampla, desmedida,
eis a minha vida:
a mais frágil ária.

Entre os sete veios
a fonte precária,
máxima seara
de mínimos meios.

É apenas avara
a harmonia erguida
como uma avenida
antemortuária,

tem os ecos cheios
da cinza mais cara,
duvido que ampare
a erosão sem freios...

PÁGINA

O perdido era apenas uma curva
rápida e só no diapasão da mão aberta.
De que trevo caiu e que procura
no chão que é seu? Não lhe pungia a seta
o bastante, essa linha da memória
nesse arco frio a que se abraça em brasas?
Por que erguer à porta
o árduo brasão, o sangue, o sal, a carta?
Que importa quando o faças e te acorde
a violência que davas, que perdias?
Sereno aluvião
e tábua rasa de perguntas, sorte,
sumo e resumo e sono e malva e morte, não
a clareza nas veias, não te vias.

Feixe fino de fibras, pergaminho
de ecos e raivas,
todo te deixavas
aos ventos de ti mesmo, ao mesmo riso
lavando os longos sulcos
                            tudo pouco
quase pausa e as costelas e os soluços,

para quê para quê, pergunta o corpo,
e não te atendes nem te bastas, e eras
uma carga de azul sob as gaivotas
e andavas
            e ainda andas
curvado sob o peso de umas terras
que não resolverias, velhas gramas
de algum rocio novo a que esgotado
te entregas, magro inverno.

O mais que se perdeu andou tão certo
que a ti nada te trouxe:
à beira de ti mesmo te dispersas
como quem, magoado, nega pouso
nesse cacto seu e, adolescente,
procura quem o escute.
Cada sílaba antiga repercute
para si, pausa em pauta, e para sempre
as palmeiras sem palmas
                      te vigiam
das curvas, das calçadas, em teu peito.

E eis que de entendimentos te compenso,
eu que te não resolvo
e te registro
eco a eco, raiva a raiva e riso a riso,
mas não podendo nada como no Horto
não podia ninguém mudar o Cálice
a um Outro.

Anulação & Outros Reparos

É ali que nos tocamos e nos temos,
como no diapasão da mão cerrada,
redescoberto a tempo,
solitária sazão diante da página,
tudo o que se perdeu — e é só — viaja.

Bruno Tolentino

CANÇÃO DE MAIORIDADE

A nossa data é dobre
de finados motivos
procurando-nos: era
aqui — onde? — que fios
tecendo-nos repartem
e partem sem um ai
ao encontro de um antes
que agora se perdeu
e urge retomar-se
em nosso eco. Tudo
era um esforço inerte
que a nada se movia
rumo a nós, seus irmãos
em ontem, para sempre
os mesmos, desachados,
procurantes, ingênuos
e novamente mortos
e enormemente vivos
para as iguais correntes
de antes. E depois,
reunidos na sala
saudável do presente

Anulação & Outros Reparos

(sempre se sobra um pouco),
guardaremos o jeito
de quem, depositário
dos carrosséis legados,
sabe que não chegava
a mais que ao intervalo
do lábio frente ao mundo.
Menos: pela antecâmara
absurda que herdamos,
absurdo do absurdo,
move-se a hera fátua
dos salvados enganos
humanos — que não somos.
Nem isso. E sopram anos.

QUADRA

De prazo
igual
se é:
passar

se a hora
escrita
não se
edifica.

Do mesmo
estar
se está:
local

de espaço
idêntico
e nulo;
e o tempo.

Ah, o épico
obituário

total
do ato!

A si
se escolhe
quem livra
e morre.

II

E estamos livres?
Antes digamos
(já tema e trato
se resguardando)

embaraçados
no que livramos,
solto declive
livre, ou nem tanto

se com efeito
vai-se avançando
por estilhaços
do que livramos,

Bruno Tolentino

em que contexto
de organizada
periferia?
Teorizávamos.

Nós? Tudo indica.
Sem garantias
ou dialéticas,
algo se fia

varando embargos,
vagos recursos
pretextos, fatos,
cômicos muros,

mas não se diga
livres, se é excuso
dar em palavras
seu próprio furto.

Que às vezes tanto
se escava um túnel
quanto se oscila
parado e puro,

potente e imóvel,
movido e preso.
Com que correntes
livres de peso

diremos: livres?
Desautorados.
Do ato ao verso.
Do verso ao ato.

III

Assim sempre para
o acaso das teias
escolhe-se a trama,
mas bem pouco a presa

se ela mesma tece
sua sábia seda,
se desconhecendo
quem tece ela mesma.

Ponha-se o problema
ante aquela sombra
cujos cornos próprios
o torcem e o domam.

Mas de fato em ato
vigiamos todos!
Com certeza. E sendo
tão do mesmo fogo,

cada arena é jeito
de seu próprio dono

Bruno Tolentino

e o arrasta de relhos
e lhe ensina como.

IV

Diminuto
interstício
para cada
motivo,

procurando
em requintes
esbarrava
o mais simples,

era esse
que fala
em metades
de alta

agonia
de caça
em redor
de palavras,

era eu,
que confesso
o que em tom
de minério

abscôndito
cerco
e me adentro
e te levo,

antiato,
à linguagem
em que um mínino
há de

ou arder
ou salvar-me
para sempre
se quase

poesia!
Quem sabe.

Bruno Tolentino

FUGA
(ao C.D.A.)

Mal somos nossos.
Cada domínio se concede e nos dissolve,
pasto de pasmos e reflexos de posse,
guardados crivos de erosão por dentro
— e nos deixamos,
ora um leito à deriva,
recordado,
ora esse quase recobrar que mal nos move
à flor das mãos, convalescido,
e não consola,
tanto revolve o engano, que era imenso.

Ah, coisas da memória, tão detidas,
qual era esse conchavo de aparências
em nós
suficiente,
entre um lento colar de reticências,
aquela guilhotina de lacunas
e o salto obstinado contra o nunca
que fomos e duramos —

Anulação & Outros Reparos

nossos? Quando?
Nunca passou do espanto
o que nos soma ou subtrai
                         ah, quando
fomos mais que intervalo entre paredes,
coisa no pó, mercúrio em palma, prisma
de claro revelado na retina,
a que aquém de si mesma se retrai
a constatar o que examina
                               mas
que elo, farpa, fúria, forma, fato
nos traem e subtraem
ao ofício da perda, seu retrato
mais acima do queixo e, mais abaixo,
o eixo nevrálgico de nada
e tudo — tudo entrega.

Que arco em seu acerto, o espasmo em trégua,
nos furtava
à clareira sem erro entre as palavras?
Se a matéria é tão rasa
                        e cada passo
pulsa de equívoco e em si mesmo pára,
se é tudo um círculo fechado, se
toda a espiral do sonho se abraçava
ao lábio, mas traía
a pauta necessária, o que se adia
extremo de vazios
                       o que nosso

Bruno Tolentino

resistiria em nós de quanto resta,
dança de sal, selo de sombra
e solo — fresta
para a insolvência elementar, fuga de ossos?

UIVO

Para que te dobro
pelo sangue e tremo
se se parte a sobra
maculadamente?

No leito de um dia
nos defrontaremos,
o que ainda agoniza
e o enterrado tempo?

Ou não? Ou apenas
selado e convulso
teu traço se perca
entre nada e tudo?

Senhora de malva,
entre o claro e o escuro
o que nos arrasta
vagaroso uiva.

HIATO

Nem o corpo transborda nem o tempo
recua. A mão carece
e o sabe. Todo gesto nos encurta.
Para todos os lados somos nós
e os muros, limitado
cone de nervos, solidão de braços.
E o que em nós se guardou mal nos conhece.

Aqui se esteve e, isento, outro se volta.
Esperou-se acordado, como idêntico,
e a fração, cinco sextos do momento,
deixou tudo de fora.
Acaso é por espaços que se cortam
as raízes ao tempo
ou antes foi de manso e pelo peito
que cresceram com dedos de memória
para dentro?

Mal se pergunta,
mas em tudo, vão, talvez, que se recorda,
no corpo ardia a seiva
ou se ajustava
                tempo nas veias

o espaço recolhido que em nós morre?
Morreu-se um pouco e sofre
a sílaba quebrada que se tece
de negativas
não, amor, quando, e era a vida
que, consentida, é um laço a mais, teu lábio e a terra.
E esse hiato truncado quem soletra?

Bruno Tolentino

ALIANÇA

Carece contar-te tudo,
como é de furtos que o mundo
tece a sua descendência
em nossos porões de malva
por nossa vontade avessos
para gáudio teu. Conosco
pouco pode o que era pouco
e excessivo ficou sendo
no espaço de nosso peso
humano, isto é, extremo,
e extremo demais às vezes
para quem, não o escolhendo,
recebeu-o como o selo
do que não cabe cumprir-se,
para cumpri-lo. Tentamos,
arrevesados e lentos
na pressa dissimulada
com que se mastiga o espanto
e o corpo se desatende,
sobrevivente, confuso.
Mas urge dizer-te tudo
e mais o que nos trançamos

Anulação & Outros Reparos

uns dos outros, nessa fibra
vagamente retorcida
que, se quase não consola
de perdas e desacertos,
é a única que temos,
aqui como de passagem,
depois como no começo.
E tudo de nós se ampara
e por isso é tão escasso.
E tudo de si nos trama,
e é nisso que nunca somos
exatamente nós mesmos:
voltamos os que viemos,
exceto um resto de chama
interrogado e sem voz
que precisamente fomos
(e agora te disse tudo)
por acaso. E acaso dura,
minucioso e secreto,
como que um espaço aberto
dentro de tudo: sem nós.

Bruno Tolentino

COMO UM PRESENTE?

O meu amor, rastilho atrás da sombra,
não é coisa de fuga nem de fúria;
cerco do ser, não subtrai nem soma
sua torre severa, sem pergunta.

E quanto pode tudo arrisca e afronta
a sede universal e não se curva:
o meu amor maior, ramo de assombro,
é um salto obstinado contra o nunca.

Exercício do humano, não requer
espaço além do seu, que mal acaba
já recomeça e canta onde sequer

um tom do mundo nunca pôde nada,
o meu amor: fagulha firme e extrema,
encantação, fermentação terrena.

*Rio de Janeiro,
26 de Outubro de 1962*

BOAS FESTAS

Os termos da festa
determinam isso:
outra que não esta
e houvéramos sido
os que não recordam,
os que não perguntam
pelo inexistido;
os que não levantam
do berço de palha
incrédulas asas;
os que um pouco cantam
ao redor de velas,
entretendo velhas,
trêmulas gargantas.
A estrela se oculta.
O cajado é brando,
solitário, e nulo.
Como sem guirlanda,
cal nos olhos, branca,
a parede é nua.
Onde fora o anjo
breve se equilibra

Bruno Tolentino

o copo no lábio
e a palavra é surda.
Leves são os laços
fazendo de suas
as cores, a graça.
Resta-nos a lisa
solidão trocada.
O eco de sempre.
A inclinada taça.
Em nozes e nadas
eis-nos repentinos,
elidindo o canto.
E ainda assim: velado
como se amortalha
restos entre ramos,
um pouco guardamos
para o que entretanto
(puro sonho em palha)
nos tenha acordado.

OBLÍQUA

Tem-nos a tradição da morte, oblíqua.

Colhe o corpo o seu grão
de seiva e nas arestas
de si mesmo colide com seu prazo,
encerram-nos no instável dado e mão
e o acaso nos cerca
no cruzar de outro tempo e outro espaço,
percorre-nos o passo
em que éramos, fomos, somos, não:
somos os que não são.

Rói-nos a condição da morte: prévio
túnel do passo em falso,
rói-nos o tênue aço
de estar-instar, o cimentado crivo,
oblíquo como o leito de estar vivo,
e prende-nos — ao chão.

Faz-nos a oscilação da morte e então
tentamos:
aquém, para aquém da memória, a sós quedava

Bruno Tolentino

a sede não, os ramos
da volta, à sombra, àquilo
que ante-existia em nós e urdia e dava
no imóvel: ventre, alívio.

Mas tentamos sem força e o peso desce.
Tem-nos a ebulição da morte e tece
o quase nosso, e o sangue
convoca para dentro o que arde e avança
e morre: aquele breve
salto humano no nada, corrosivo.

Anulação & Outros Reparos

DAGUERREÓTIPO

(ao Antonio Candido)

Na infância há de ter sido o trevo,
o atalho, o ermo,
pura fuga e água clara entre os dedos deve ter sido,
como a paz entre pálpebras arrancada ao barro,
a fixidez noturna,
o giro azul de tudo, os ladrilhos do sonho, a fogueira
do efêmero.

E o vôo desatado por dentro de paredes,
a asa que ousava, certa
praça de Minas para sempre plana,
inclinada no tempo entre o musgo e a mudança
subterrânea.

Chuva na grota funda... A morte se molhando!
A procissão fantástica das formigas. A trilha
de hortelã, malva e mirto, um carrossel
e os fartos ubres
do tempo, sucção inversa, potro amarrado a um brilho.

A bengala do mundo e a tia enorme
moviam-se em círculos, sufocavam a sala,

outro qualquer retrato
refletia o sorriso nas vidraças da morte. Perto
era o sono das heras, era um murmúrio nosso
por altas alamedas de umidade e sombra
em que a alma se movia com mãos de humano assombro.

Acordou-se no sangue. Foi tudo um sobressalto
no perfeito. As certezas
pulam carniça sozinhas, tocam os ombros
do nada: nada.
Que jamais se revolva essa crina liberta,
única seiva intacta.

Da cinza as torres sobem, soltam-se, ficam
livres. Conosco durma o pouco um dia compreendido.
Sono que já foi nosso. Entre cacos de nunca
deslize a paz dos ramos que de eterno se nutrem.

NOTURNO

Não sou o que te quer. Sou o que desce
a ti, veia por veia, e se derrama
à cata de si mesmo e do que é chama
e em cinza se reúne e se arrefece.

Anoitece contigo. E me anoitece
o lume do que é findo e me reclama.
Abro as mãos no obscuro, toco a trama
que lacuna a lacuna amor se tece.

Repousa em ti o espanto que em mim dói,
noturno. E te revolvo. E estás pousada,
pomba de pura sombra que me rói.

E mordo o teu silêncio corrosivo,
chupo o que flui, amor, sei que estou vivo
e sou teu salto em mim suspenso em nada.

Bruno Tolentino

PASSACAGLIA

Mas se estamos presentes
e de um para o outro lado
carreamos os olhos
pelos veios do visto,
ciente, inexplicado
e cego; ou porque logo
já de um ou de outro modo
nos deparamos; seja
nisso que nos consente
e apenas atenua
seu módulo de ausência,
seja no que modula
algum puro reflexo —
aqui pairamos... Como
ou de que modelagem,
precisão ou contágio,
mal nos cabe de fato
suspeitar mais de perto.
Senão um ritmo: algo
que afinal nem resumo
ou fórmula se aspira,
mas apenas comanda

todo estar, todo trânsito,
ali tocamos toda
a franja do possível
que nos encerra — e parte
sem direção ou porta,
mas afinal que importa,
se escorre todo o fundo
precário do que é forma
e movimento? Ao vivo
o sobressalto surdo
da coisa, a coisa-alguma
nas incessantes curvas
do palpável em queda.
Giremos convencidos
de que era tudo um ritmo
e sua fúria quieta,
pontuações de ronda
indestinável, eixo
à deriva sustendo
um tênue pó que é dança
irredutível, mansa
e para sempre nossa.
Porque estamos presentes,
sem aptidão nenhuma,
a um acervo de trocas
e brilhos; mas (oh, isso!)
a girândola é aberta
ao influxo de um ritmo

e ao sangue e ao nervo e ao viço
de um puro ciclo. A alma
talvez sabendo disso
se contempla e se cala.
Giro em silêncio. Aquela
paz de ramo no vento.
Aquele aquietamento
da asa. Aquele pleno
eixo de um pulso. Certa
constância enfim rendida.
Convocação da vida
em rotação interna
de seta que se alcança
e em surdina se espanta,
sarabanda, ah, secreta!
Demais para o terrestre
peso de seu mistério.
Entre âncora e gesto
é um deslizar que somos
pelo que nos resiste
e atrai, a prata e a efígie,
o espelho e o rosto: insone.
Mais fundo, ali por onde
acordamos perplexos,
é ainda um giro breve
o que nos colhe e acolhe.
Rodamos. Somos. Falta
o que talvez, quem sabe,

Anulação & Outros Reparos

nos guardaria a face
entre arestas mais altas
de uma realidade
mais estável. A idade
cerca seus ossos, desce
aos arroios humanos,
cobra-nos, pousa, aquece.
Um veio eterno. Um túnel
igual. Um leito, e uno.
Mas toca decliná-los
pois cabe-nos o solo,
seus vales e seus cimos:
passo a passo ferimos
seus limites e os nossos,
fresta, ascensão, desmonte,
espaço, pauta, nomes
precipitando o plano
em que se rói o pouco
que era de alcance: um pouso
é um oco que nos cerca...
Corre das mãos a incerta
Primavera sem dono,
e é um convite tão brando
que entre cinzas erguemos
um vago resto, extremos
de último salto
               somos
carência

Bruno Tolentino

e algum violento
intervalo no peito,
trilha sem margens, eco
de um mero assomo cego,
algo em busca de um onde
em que girar, mas feito
de não durar. Passemos.

Anulação & Outros Reparos

TOADA

Tudo em nós, que mal somos. Tudo? Se nos escapa
a substância mesma do que nos tem, a farpa

que em fresta se insinua e ceva e é dança longe
do que nos tece e trama, e ali vamos, por onde

tudo o que nos define, quanto de nós se rege
à nossa revelia — e entanto é nosso! — cresce

e cai... Mas se era a vida, moço! Mas a vida
não se deixa prender a aço algum de outra liga

senão que de si mesma, o breve, o que nascendo
já consigo se arrasta em poeiras de menos

e reclama o seu juro ao nulo, ao desbastado
que de alguma queimada extrai seu substrato

de cinza e disso vive. A vida (o que assim chama
a boca do real, solúvel) é o que se dana

de seu puro impuríssimo, arde em concha seu viço
e é sem destinação, e senão já por isso

está salva! Olha: oscila... Com certeza, e a esse nada
eis-nos da margem nossa a postular entrada,

ração na palma frágil do restrito. E sorvemos
a oblíqua aquiescência que somos, de não sermos...

FALA A LOUCA DE OURO PRETO:

— "*É o bastão da memória que eu arrasto*
na mão livre.
Dispo a todos os que crêem nessa estática móvel,
pergunto pela permanência,
visito o mundo,
a poeira postiça de tudo.
Não estou nem renuncio, quero
juntar meu testemunho a esse cheiro morto
que rege o vento,
constâncias do remorso, os ocos
de sempre e o amor desfalecendo.
De flores me sufoco e da morte escapo,
no chapelão do sonho envelheço
de novo.
Dormi à minha porta e acordada me vejo
para nunca mais. Esqueci para sempre,
eu sei, mas já não dôo.

E não fosse por mim quem te olhava de frente,
ladeira do real, tão rápida,
resquício. Eu, que roí teu rosto..."

Bruno Tolentino

VISITA À CASA DE CLÁUDIO MANUEL

Não vem cá, Doutor Cláudio, o que é lembrança
ou mito, antes se farta, liberado,
o zarcão do factível, e a caliça
em torno ao vinho antigo do telhado

pelos beirais do breve acolhe a mansa
turmalina de nuvem do sonhado,
e não se encontra rasto algum na lisa
alba do nu de solidão franjado.

Como suster amor o que amor prende
à portada do Não diante do Nada,
arquiteto o Vazio, Fresta a casa?

Ah, canta o eco em nós, que malentende
o que doía e dói alem da alada
porta a que a morte faz cantar a aldrava.

II

Então somos no tempo os que remontam
ao livre salto anterior do nunca
e sem lábio e sem forma acaso rondam
o eco maior do que era vã pergunta,

mas já sem precisão da arquitetura
humana, dessa humana dança tonta
em cal, em pedra, em adro, em teto, em busca
do que se não transmude nem corrompa.

E o mistério nos toma pela mão.
Que responder ao cerco do perdido?
Não há conserto, não há fresta, não

há ponte entre a memória e seu vestígio.
Não há placa no ar, sinal no chão.
Não somos, Doutor Claúdio, ou somos isso.

Bruno Tolentino

AS ESPÉCIES MENORES

Sente, Emily Dickinson,
essa relva do tempo,
o espanto monocórdio nos olhos humanos,
e o estranho que é nascer
enredados em tudo e com medo da morte
para, baque após baque, acordar e crescer...
Cedo oscilamos como um trevo oscilaria
nas veias e logo
vem o sangue, o irreal e o concreto e nos tomam
e aos poucos maduramos.
Sem Outonos por cá, varamos nossos ramos
e um quase-nada é tudo,
uma elipse, uma aresta cercando o perfeito,
o possível, o parco,
Emily que conheces o preço,
o ganho e o risco,
Emily Dickinson.

Não, não houve mudança visível e ainda não vemos.
Por dentro
passou o momento calado e o amor perguntando,
mas talvez o que veio e se foi sem recurso ou ruído

nos ensine a perder e esperar,
ou simplesmente abrir as mãos para o arrulho dos pombos,
nós, os que ardemos soltos
no pátio do real, que nos pesa de leve
nos ombros.
Vertical é a memória e a queda que nela somos.
Longos são os Verões das Hespérides, longos, longos.

Bruno Tolentino

DOBRES

De minhas mãos te cubro e não consigo
tocar-te as penas nem as alegrias,
nem consigo entender as agonias
lúcidas, livres, tuas — mas te sigo

e ligo-me ao teu peito e não me ligo
à secreta razão dessas sangrias,
esbato-me contigo e passo os dias
a descobrir que nunca estás comigo.

Pois mal sou eu que te consinto e espanto
e me percebo dissolvido e raso
de ter o que não tenho e me tem tanto

quanto não sou, não somos: muito mais
que rápidos, estamos por acaso
e nos aproximamos para trás.

Anulação & Outros Reparos

MAL D'AMORE
"...il fato invano" (Leopardi)

De repente mal existe
esse que te vai corroendo
mal do antigo para sempre
desautorado e imprevisto,
mal deixado e mal cumprido,
mal do que mal te encerrava
no círculo de estar vivo
e de repente te deixa
suspenso: mas não existe.
Ou subsiste, nem isso.
Nem a negativa, o simples
sinal de consentimento,
no peito são mais que puro
engano, sal dos sentidos,
corridas de encontro a um muro
que não nos resgata e urde
seu abraço, esse respiro
breve, ah, breve! Eis que desliza
o sumo do que era tido
por irredutível: nada
ficou totalmente vivo.

Bruno Tolentino

Porque tudo não foi nada.
É inútil, não se contenta
da palma da mão o havido,
essa febre de constância
e particípio presente
esparso, delimitado
e cego. Somos os mesmos,
mais febris e cegos. Vê-se
o que decorre e foi sendo
desaprendido em silêncio:
quem somos. Amou-se sempre
o que nos toca de longe,
passando, e como resiste,
olha-o! é como se existisse
fundamentado no peito
como o sangue, sem palavras,
a arquitetura ao avesso,
inútil e improjetada,
conosco se corroendo
para sempre. Ou para dentro.
E o tempo não pode nada.

O GALOPADO

Exatamente como a dor te pôs
em mim; precisamente do que sobra
em nós, que éramos rápidos e dois
e nos devemos o que amor nos cobra;

ou para sempre como o sangue roda,
ou de repente como o tempo rói,
sou quem se despe, sou quem se deforma
para queimar com o seu amor a sós.

Venho dos lados da memória e mordo
os rebenques de cuspe do impossível,
salto como quem sou, não sou um potro,

mas rumino os corcovos de estar vivo
e sangro imóvel, sangro e não me findo,
muito mais tênue do que amor não morro.

Bruno Tolentino

A ÚLTIMA CARÍCIA

Tenho mãos parcas, tenho
pouco com que tocar-te,
cotovia ao relento...
Jacinto dado ao tempo,
tenho rápidos braços
para teu peso lento,
sabidamente frágil.
Tenho essa sede antiga
assim mesmo severa,
mal este lábio tenho.
Já vês, mal sou eu mesmo,
ou de tal modo sobro
do que te viu ardendo
que um pouco me surpreendo
em data assim tão póstuma
por tudo o que não tenho.
Não tenho teu obscuro
gosto do esquecimento,
antes diria claro
o que me vai roendo
maxilar medonho.
Não tenho esse abandono

que te convoca livre
de remorso e oscila
entre o desejo e o sonho;
áspero de constâncias,
nem tua ávida dança
contra os confins do corpo
em desatino tenho:
do pouco que te dava
tenho as rugas do cenho...
Guardo esconsa palavra
das muitas que tentavam
sublevar-te a vontade,
dar na perplexidade
de raso amor, resquício
de inversa soledade.
Guardo a palavra tarde.
Tarde nos devoramos,
tarde ficava visto
o absconso, guardados
os retalhos do grave,
tarde nos surpreendemos
limitados. E tênues.
Por tua tarde canto
restos do que cantamos
e em puro assombro amo.
Amo com cautos olhos,
com tímidos convites
e ensaiados remorsos.

Bruno Tolentino

Amo com o peso livre
de desastres urdidos
com todo o corpo e glória.
Amo tardio, doce,
antigo de levíssimos
toques de longa posse,
amo como se fosse
eu mesmo que nascera
de igual amor que o nosso.
Amo errado, aturdido,
de alma sedenta, vindo
de absurdos equívocos
encontrar-me em teu branco
uniforme de olvido.
Amo. E desperto amando
sem alvorada nova,
dono de tonta alcova
afinal percebida:
não fomos os que a vida
guardava em concha fria
nem os que tanto ardiam
desesperos inteiros
como intactos: somos
os que amor sublevara,
não de lâmina avara,
de cortante seqüestro.
E perdemo-nos presto.
De esplendor e impossível,

Anulação & Outros Reparos

não obstante urdidos.
Como o sonho se urde,
como se urde o sopro
da memória e se urde
a efígie humana, breve.
Como fomos servidos.
Farto e dissatisfeito,
de amor reconhecido
meu peito por teu peito
dobra finados, leve.

*Rio de Janeiro,
26 de Outubro de 1963*

Bruno Tolentino

ENVOI

Sou, e do ser me perco.
Nem os ciclos da terra que me fixa,
nem os raptos d'alma nem
'eu-mesmo'
ou o que mais me empenhe em pura perda,
nada detém a mão que é sombra e se dispersa
entre os jogos da brisa e os da poeira aberta
sobre a brisa,
ao dar e ao alcançar nos desfazemos.

Todo lábio deságua em seus limites,
cada curva de sílabas se esgota
e cada ríctus
a seus fonemas volta.
Mas são os instrumentos meus, e fixo-os
nas torres em que arrisco
e fundo o desamparo de meus gestos,
que do desmoronar febril que me resiste
cada início nas veias
arrasta sobre mim outro desastre,
tudo era a mesma dívida, e me parte.

Anulação & Outros Reparos

E meço meus vazios,
construo cada não que me constrói,
penetro por seus claros
e a sombra enfim transige,
face a face nos vemos, minha efígie
e eu: mas se sou eu, devo calá-la,
nem aos nadas da vida a morte fala.

A muda canção áspera,
os uivos, não a seiva,
a insubmissa,
silenciosa floração inversa,
a fogueira dos ramos do indizível
e a clara, a outra, essa
morte pergunta feita,
o salto, a alta, a ébria
modulação das mãos, morte-pupila.

Textura do invisível,
alma, tu, minha dúvida mais nítida,
de onde vem que teus graus me obscurecem
como a água ao afogado, como
os vagos solos de instrumentos vãos
com que tento compor
a música entre os nãos
e os ecos que conduzam o ser em fuga:
ouve-me, escuta-os tu,
estou sozinho,

fonte pedindo a sede, se não for
o arquitetado cântaro possível,
alma, seara e espinho,
este abismo de vértebras te busca.

Toma-o, teu desafio
e nosso feudo humano dado ao ar,
meu selo e teus resíduos,
resgate da resposta que não veio,
os últimos pedaços que ainda importam,
onde te ocultas, grão diante da morte,
tessitura de ausências convergindo,
cinge-o,
nenhuma paz me pode já perder.

'Cerco da Primavera'
Dezembro de 1962

CODA

I. TRÊS REPAROS TARDIOS

A ROMÃ

Perdi meu tempo
fazendo nadas:
fiz arabescos
na pele suave
das madrugadas
e coisas graves
à luz de becos
inconfessáveis;
compus enredos
só para o vento
e pela areia
dos aconchegos
inconseqüentes
deixei inscritos
à lua cheia
uns pensamentos
meio prolixos.

Nas horas feitas
de desalento
juntei as letras
aos hieroglíficos

Bruno Tolentino

da solidão,
revirei tudo
e deixei tudo
cair no chão.
As minhas cifras
intermitentes
somaram sempre
zeros à esquerda,
os belos zeros
dos nossos erros
impenitentes.

Gostei de Leda
e tornei-me o cisne
pelos abismos
e as alamedas
do coração,
morri de enfartes
do miocárdio
da perfeição
a toda hora
e em qualquer parte,
onde encontrasse
jasmins, jacintos,
nardos ou cardos
nos labirintos
da embriagadora
desilusão.

Anulação & Outros Reparos

Não tive filhos,
mal tive a face
que me sorria,
gastei meu dia
na doce espera
de outra manhã
e os estribilhos
da Primavera
me enlouqueceram.
Se a minha vida
até agora
foi um concerto
de desacertos
que mais valera
não ter vivido,
presentemente
irei-me embora —
lá vou-me à beira
de um infinito
desorbitado
dormir ao lado
do amor-perfeito
e sobre o peito
dos infinitos
deixar gravados
toda manhã
novos ciúmes,
esses perfumes

Bruno Tolentino

inconseqüentes
da vida vã.

A minha vida
cariciosa
e extemporânea
é quase humana,
é como a romã,
— tão parecida
à carne rósea
da criação;
mas não é não,
é como o amor,
ou como o pêssego
tentador:
uma armadilha
aos desapegos
do coração
a minha vida,
minha romã,
minha rosácea
feita dos brilhos
da vida fácil,
contemporânea
dos descompassos,
mas temporã...

*Barbacena,
Fevereiro de 1964*

ET ADES SERA L'ALBA
(*i.m.* Augusto Meyer)

Não, não sei a que país
levar meu precário bem,
o quase nada que eu fiz
de tudo o que mal se tem
e ficou perdido sem
consolo de cicatriz
e já madrugada vem.

Nem codorna nem perdiz
colhidas de seta nem
o ramo a que o vento diz
que tênue seiva o sustém,
não se estremece ninguém
como um bem que amor não quis
e já madrugada vem.

Desertor desaprendiz,
vou para longe de quem
com sortilégios e ardis
tomou-me por palafrém,
depois perdeu-se também,

Bruno Tolentino

e lá vou eu infeliz
e já madrugada vem.

Oferta:

Mas não tomeis em grã conta
a pena em que amor me tem
que enquanto gira a alma tonta,
ai! já madrugada vem...

*Rio de Janeiro,
Março de 1964*

O CRISTO DE SOPHIA

A grande portuguesa diz que vira
numa esquina obscura de Sevilha
um Cristo protetor da camarilha
mais rasteira: uma imagem que delira,

geme, sangra, contorce-se e suspira
ante o pasmo geral... É como a quilha
deste navio aquela maravilha:
sempre molhado — um rosto de mentira

carpindo seus banidos e bandidos...
Sophia Andresen parou diante
daquele amontoado de gemidos,

espantou-se e compôs no mesmo instante
a escultura de versos comovidos
em que conta uma história impressionante.

II

Sobre os traços de um Cristo ensanguentado,
em todas as feições do Salvador
dependurado à Cruz, um escultor
impusera à madeira o rosto amado

de um gitano: *El Cachorro*, o que ao seu lado
morrera defendendo-o do agressor...
Hoje aquele perfil apunhalado
une-se à lua em tardes de calor,

sobe com ela do Guadalquivir,
desse rio que é lágrima contínua,
para purificar e repetir

no ombro incandescente da colina
os soluços que agora vão cair
todos pontualmente nessa esquina.

Anulação & Outros Reparos

III

O Cristo apunhalado no cigano!
No altar da rua, onde anda o pecador,
onde soluça e sangra e morre o amor
em defesa do amor... Um rosto humano

transfigurado um dia pela dor
da agonia convulsa, o mesmo pano
que guardara a Verônica: o arcano
no inanimado e a ovelha no pastor!

Vou subir dentre em pouco aquele morro.
Vou lá gemer também, chorar um pouco
ante aquela mistura do amor louco

com um Cristo que é a cara de um *Cachorro*!
Irei curvar-me ante esse Cristo tosco
na emboscada em que o amor pede socorro.

N/M 'Henrique Lage'
a bordo, Maio de 1964

II. O ÚLTIMO REPARO

UMA ROMÃ PARA 1997

Era verdade,
naqueles tempos
gastava o tempo
fazendo nadas;
mas '*arabescos*
na pele suave
das madrugadas'
se me afigura
pura frescura,
coisa mais grave
do que os tais '*becos*
inconfessáveis'.
Quanto aos enredos
só para o vento,
lembro da areia
e dos aconchegos
inconseqüentes,
mas não dos ritos
à lua cheia;
dos pensamentos
mais que prolixos
lembro-me bem:

Bruno Tolentino

nas horas feitas
de desalento
mudava as letras
em hieroglíficos
como ninguém,
mas de repente
deixava aquilo
sem ar nem chão...

Foram-se os anos.
Os anos são
inexoráveis,
como dizia
o Manuel;
ou bem me engano,
ou quando lia
sem testemunha,
estes meus versos,
tudo o que punha
sobre o papel
me parecia
má confissão;
catava a chave
e, na confusão,
ficava grave,
lia ao reverso,
mudava o olhar
e a entonação

Anulação & Outros Reparos

e a coisa então
luzia inteira,
livre e faceira
que nem libélula
em lago raso:
bela! E era feia...
É tão alheia
esta maneira
de complicar!

Lá no além-mar,
ao folhear-me
meio ao acaso,
além do alarme
de estar diante
de minha quase
caricatura,
tinha o prazer
intoxicante
e meio perverso
de achar-me a ler
frase por frase
a arquitetura
sem construção.
Se porventura
gozava aquilo
por uns instantes
(um que outro verso

Bruno Tolentino

tinha razão)
via o meneio
exasperante
dos desperdícios
que fazem o estilo
fácil-difícil:
cada reparo
um claro-escuro
bem menos claro
do que imaturo...
Repunha o bicho
de pé na estante
olhando a lata
de lixo e ouvia
a alma vazia,
aquela ingrata,
rindo de mim.

E ainda assim!
Fazer poesia
é ser '*maudit*'
— diria eu
até aos quarenta...
Hoje releio
com um certo gozo
o que extraí
aos exageros
e destemperos

da juventude
que arrefeceu,
porém não ouso
dizer que pude
mais do que impor
certo recheio
meio incolor
à incompletude
que me atormenta
desde esses dias.
Fosse o que fosse
o que eu fazia
dos meus fermentos
daqueles tempos,
meu coração
retemperou-se.

Meio agridoce
não faz melhor,
faz diferente
do adolescente
cuja caneta
queria impor
música à areia
de uma ampulheta
hiato à rima
meio perneta
e ainda por cima

Bruno Tolentino

um contraponto
embriagador
à fuga alheia.
Aquele tonto
infelizmente
punha reparo
nos vãos da mente
sem deixar claro
que o seu *Centauro*
pagava caro
cada ração:
seu claro-escuro
se range e punge
e imita os gritos
da inanição
só raramente
chega mais longe
do que a emoção.

Raimbaut d'Orange
me havia dito
que era preciso
fazer bonito;
ainda acredito
no seu juízo,
mas se hoje ouço
nestes escritos
daquele moço

Anulação & Outros Reparos

toques que tangem
pelos meus mortos,
vejo a falange
drummondiana
dos anjos tortos
neste exagero
dos verdes anos
e não me importo;
sangue mineiro
é um desperdício
meio matreiro,
mas não me engana:
sei que não posso
passar por Rilke
ceciliano
à Emily Dickinson,
e é muito tarde
para a corcunda
do Leopardi...

Ó Merquior,
meu velho amigo
prefaciador,
lá onde estás,
ao ler melhor
o que escrevias
voltaste atrás?
Destes meus tiques

ao modo ambíguo
daqueles dias
talvez não fique
lição profunda
coisa nenhuma!
As elegias
— qualquer um vê —
são de suíno,
quanto ao tal "*ciclo*"
o abracadabra
é a vaga sobra
de bobajadas
fazendo espuma
de um quase nada
— é ou não é?
Diria até
que esse é o destino
dos velocípedes
de menino
subindo escadas
em marcha-a-ré,
mas para quê,
deixa pra lá!

Ninguém replica
a um bê-á-bá
depois que o fez,
mal o decifra

e este talvez
não necessite
decifrações;
por mais que imite
Carlos Drummond
Dona Cecília
e Rainer Maria,
perdi na rifa:
é o Manuel
que simplifica
quem falta aqui...
Fala tão alto
este menestrel,
há tanto som
nesta canora
reclamação!

'Poesia pura'
murcha e piora
com a releitura,
é que nem jura
de amor eterno:
o gordo de terno,
flor na lapela
e buquê na mão
cai na esparrela
diante da bela
que lhe diz não;

talvez por nada,
talvez por pura
contradição
da alma adulada,
essa malcriada...
Ah, mas que amargura!
Que humilhação!
Também quem manda!
Com quê então,
amavas tanto
a miseranda
sombra do canto,
a alma canora
pasteurizada?
Gordo emagrece,
cala e padece,
mas não implora:
tu que fizeste
da tua Alceste
de última hora?

II

Falo contigo,
meu doce amigo,
pergunto agora
em alto e bom
tom a mim, a ti,

a este guri:
— teu Valéry
versão contralto
que adiantou?
Se algo há de bom
no que compões
não é o enfadonho
tipo de salto
que sonha o vôo
e imita o sonho,
talvez nem seja
a paixão perdida
na desmedida
das intenções —
é o mal da vida.
Nestes rabiscos
correste um risco
de suicida,
mas, quem diria,
me restituis
não o que fiz,
mas o que fui.

Não tem sentido
dizer que flui
o que gagueja,
não vou dizê-lo,
digo somente

Bruno Tolentino

que, nu em pêlo
como ando agora,
vejo mais claro
o adolescente
que te impingia.
Ouço de fora
cada '*reparo*'
com uma ironia
que se eu pudesse
reescreveria
o livro inteiro
melhor que tu,
talvez; no entanto
se o fino acanto
do teu soneto
causa-me dó,
me é lisonjeiro:
por um momento
senti-me nu.

Sim, mas lamento
se este momento
tenho este livro
cá no gogó
e submeto
esta repoesia
ao duro crivo
da releitura;

Anulação & Outros Reparos

é que é preciso
criar juízo,
envelhecer
para morrer.
Ninguém depura
sua aventura
enquanto ela dura
e já não me basta
com o que dizia
Dona Cecília:
que a tua casta
(e a do Merquior)
é a do mendigo
dito maior...
Tanto melhor,
meu pobre amigo,
mas e daí?

Hoje reli-te
de alma isenta
esta maravilha
como quem tenta
ficar de fora
e, muito embora
cá dos cinqüenta
os anos sessenta
doam-me agora
como a memória

Bruno Tolentino

da laringite
que virou quisto,
a moral da história
é que ainda insisto:
à la limite
este teu Mefisto
meio Saci
que me fez isto
não fez melhor
do que ninguém
— mas nem pior,
tampouco, e nem
tão diferente...
Senão vejamos.

Dos sabiás
aos gaturamos
nas macieiras
das Califórnias,
estes teus ais
antecedentes
de anos de chumbo
e dor de corno,
se giram em torno
de algo *profundo*
(meio à maneira
de meio mundo,
né mesmo?), tendem

a não ser mais
do que o que ensina
— não o que faz! —
Jorge de Lima,
se bem me entendes...
Quando retornam
dos precipícios,
Murilo Mendes,
Drummond, Vinicius,
Cecília e Jorge
tiram do alforje
ou das algibeiras
ritmo, rima
e tudo o mais
e, ah, meu rapaz,
caem-te em cima!

É transparente
que o que fazias
um tanto a esmo
naqueles dias
não funcionou;
do teto ao chão,
o curto vôo
dava a ilusão
de um par de asas
dentro de casa,
mas é evidente

que tantas cifras
intermitentes
somavam mesmo
zeros à esquerda,
os mesmos zeros
dos nossos erros
impenitentes...
Adolescentes
sentem-se *cisnes*
meio enfermiços
quando amam Ledas,
mas tu nem isso!
Punhas abismos
meio postiços
entre paredes,
mas de paixão
morrias muito
de vez em quando,
ó meu fortuito
cúmplice-irmão...

Não, não me iludes,
modéstia à parte,
nunca me pude
tirar do sério
— não em matéria
de arte, mistério,
inspiração;
nem mesmo quando

Anulação & Outros Reparos

abandono o bando
falta-me o chão...
Sem humilhar-te,
presta atenção:
de quando em quando
teus miserandos
curtos-circuitos
pintavam o sete
com a anulação
(os tais *'enfartes
do miocárdio
da perfeição'*),
mas, meu moreno,
tu tinhas menos
engenho e arte
do que topete...
Não desfolhaste
*'jasmins, jacintos,
nardos e cardos
em labirintos'*
coisa nenhuma:
tua canção
'à flor das mãos'
não tinha haste,
tinha espartilho,
era só bruma,
perfume e brilho.
Faltava o estrume.

Valia a pena
tanta elegia
a uma açucena
que nem te lia?
Sei lá, meu filho,
és pai do homem,
é tua a cena!
Se a encenação
é um tanto morna,
leva o meu nome,
que hei de fazer?
Ouço gemer
uma codorna
nesta poesia:
não canta, pia
e, sem poder
voar pra cima,
monta na rima:
é como ias
atrás de mim
até o dia
em que a cotovia,
a frágil Musa
te apareceu...
Não, não fui eu
quem fez a música
que te perdeu,
'os estribilhos

da Primavera'
enlouqueceram
somente a ti,
meu serafim.

O todo é péssimo,
mas te confesso
que a minha vida,
se não foi ótima
e nem ruim,
ficou mais triste
depois de ti —
de certa ótica
ficou enfim
como entreviste:
todo '*um concerto
de desacertos*'...
Valeu o esforço
de haver vivido?
Lá fui viver
ao bel-prazer
da anulação
e tu, guri,
ficaste atrás,
te reduziste
ao vago esboço
de mais um torso
de Apolo tosco

sem solução,
um colibri
meio pernóstico
entre os exórdios
mais convolutos
e os ais matutos
da passarada
na luz canora,
a luz que mora,
ou demora aqui.

III

Adeus, rapaz,
Não fiques triste,
mas mal existes
e a vida tarda
mas não espera;
além do mais
já não me importa,
descansa em paz!
(Mas, por favor,
vai enfezado,
mas tem cuidado,
sai por detrás;
vai pela escada,
nada de portas
de elevador!)

Anulação & Outros Reparos

É indelicado
dizer que escuto
só de orelhada
teus balbucios,
mas não me agradas
nada, me irrita
tudo o que eras!
Vais ou não vais?

Se as minhas obras
são tuas sobras,
não foste nada,
nada de mais,
e tanto faz:
substituto
dos meus vazios,
teus faniquitos
cavaram gritos
na papelada
e não se fala
mais nesse assunto,
caso encerrado!
Ou exagero?
Não creio não:
a anulação,
por mais sonora
que seja, é um mero
mistério em vão

Bruno Tolentino

e, noves fora,
zero ainda é zero...

Vá lá, meu ás,
falemos sério:
o teu conjunto
não diz lá muito,
mas admito-o:
a cada seis meses
eu te relia
uma meia hora;
à luz de opala
das rememórias,
nas belas salas
de Oxford ia
e abria a caixa
dos velhos mitos:
lia em voz baixa,
pensando em ti
e na Pandora
meio bravia
que te inspirara
tantos escritos...
Ficava às vezes
meio aturdido,
meio de fora
como o marido
destituído

que havia sido
logo de cara,
mas — meu querido,
que mais querias?

É coisa rara
ser corneado
e redimido
numa canora
contrafação!
Meio surpreso
e meio irascível,
ficaste preso
a uma visão
das mais fiéis,
mas só agora
vejo que és
a um certo nível
um contrapeso
irredutível
às melodias
da anulação...
Por isso tomo
certo cuidado
com os teus '*assomos
cegos*' — tô fora,
claro, e não nego
nada, meu nego;

Bruno Tolentino

mas, muito embora
não negue nada
da tua parte,
aqui da minha
peço um perdão
imerecido
por esta obra
atabalhoada,
esta Oh! brazinha...

Não porque faça
muito melhor,
mas porque *sobras*
sem Merquior,
meu jovem rilke...
Ficas sem graça
perto da arte
classicizada
em que converti
os teus tremeliques
de misturada
com as vãs arcadas
dos violoncelos
que mal ouvi.
Sem iludir-me
nem provocar-te,
até diria
que esta carcaça

se fala firme,
fala sozinha —
mas não consigo,
não fala não;
infelizmente
não tem mais jeito:
o frenesi
que tu martelas
até à exaustão
fala comigo,
fala por mim
e é seu direito!

Elas por elas,
diria até
que o Crusoé
meio suspeito
que andou aí
de mão em mão,
pairando à beira
dos infinitos
mais esquisitos,
não sou eu não
és tu, guri —
é esta *maneira*
sempre tão *rica*,
estes teus gritos
com seus *hiatos*

Bruno Tolentino

e substratos
tão complicados...
Nunca te explicas
até o fim!
Por que, malandro?
Sorris de mim
como eu de ti
de vez em quando?

Te preferia
bem mais brejeiro,
meu companheiro;
essa poesia
do desespero
me enche de tédio,
mas que remédio!
Quando parti
deixei de lado
nossas poeiras
de juvenília;
lembro um estudo
feito em família:
linha por linha
foi decretado
que esta zoeira,
se era bem minha
dali em diante
seria "tua",

o mundo-da-lua
era "o passado"!
Meio hesitante,
arquivei tudo
e fui em frente!
É, mas que jeito,
se a vida inteira
doeu-me o peito?

Seguramente
que não devia
dizer-te isto,
mas me pegaste
pra ser o Cristo
da confraria
e fica chato
ter de agüentar
as chibatadas
de pôncios patos
e outros Pilatos
meio idiotas
pra confessar
que das metáforas
e metástases
e cambalhotas
destas baladas
tricoteadas
com pouca lã

Bruno Tolentino

não fica nada
para amanhã!
Nem tu, ao menos...
Achas-me injusto?

Presta atenção,
vou falar baixo:
(engulo a custo
todo o *panache*
dos teus 'serenos
aluviões',
mas também acho).
Se fossem apenas
divagações
de coisa implume
os teus trinados
desafinados
dava-se o caso
por encerrado;
mas os perfumes
que tu derramas
na alma nervosa
como quem faz
xixi na cama
à luz morosa
de um breve ocaso
de ocasião
— todo esse drama

de rosa úmida
de emoção
vem-me ao encontro
com algo mais,
mas o que é
não sei, rapaz!

Talvez até
nem queira mais
bisbilhotar,
ter de aturar
tanta magia...
Quem suporia
que anos depois
um de nós dois
diria ao outro:
"és um garoto
que não cresceu!"
Quem — tu ou eu?
Pergunta vã:
nos perdigotos
desta poesia
em parceria
com a parasita,
a flor no broto
foi confundida
com a margarida:
foi desfolhada

Bruno Tolentino

e transformada
numa romã...
Coisas da vida!

IV

Vida esquisita...
Cariciosa
e extemporânea,
pena perdida
e aventurosa,
lá bem no fundo
era poesia
ou era mania
essa vidinha
que não valia
uma dor de dente —
vida doente
que de repente
mal era nossa
foi-se da gente!
Foi de mansinho,
foi a andorinha
que vai pertinho
da mão da moça
e aí vem gente,
ela se espanta
e foge, avoa,

toma caminho,
some no mundo...

Ah, vasto mundo,
teu coração
sobe à garganta,
mas que adianta?
Só caladinha
a vida é boa,
se a gente canta
ela se esboroa
completamente,
não é a andorinha,
é outra romã
passando à toa
por nossa irmã...
Foi tua? É minha?
Ó, por quem sois!
De rapto em rapto
a vida foi-se...
E foi tão rápido!
É, meu irmão,
deram-te a vida
numa bandeja,
tudo de vez
— mas e depois?

Antes, talvez...
Mas quando seja
(e me importa não)

dou-te razão:
ninguém precisa
de tanto à mão
e, anulação
ou não, é cinza
toda canção,
verte-se à brisa
e fica a lição:
a tal de vida,
se nos corteja,
economiza
cada ração
e escapa, foge,
finge, mistura
o sim e o não,
o ontem e o hoje
da criatura,
mas é conversa,
conversa pura
e de rufião!

Essa perversa,
esse arremedo
de *für Elise*
que acordou cedo,
toda manhã
baila na lisa
luz de cereja
do Anton Checov —

e até que prove
que existe adeja,
vira, volteia
e volta e meia
parece jovem,
suave, humana...
Bela balela!
Se nos engana
é que precisa
tanto de nós
quanto nós dela!
Ó sorte atroz,
conúbio extremo,
dura esparrela:
a vida é bela
porque é o que temos,
não porque seja
a realidade
nem a metade
mais benfazeja
da alma terrena
(e tão prematura!)
da criatura.

É estranha a vida,
mal vale a pena,
é inconfiável
com os aconchegos
e as despedidas

Bruno Tolentino

e mal vivida
fica matreira
a vida inteira:
fica maleável
e *'quase humana*
como a romã
— tão parecida
à carne rósea
da Criação',
como dizias...
Mas não é não,
tu tens razão:
dia após dia,
essa vadia
'é como o amor,
ou como o pêssego
tentador:
uma armadilha
aos desapegos
do coração.'

Que, de espartilho
em partilha, cansa
das esperanças
e se encarquilha,
se desespera.
Também pudera!
Quanto mais crua,
mais nua a glosa

que nos ilude...
Esse alaúde
que eu nunca pude
saber se era
verdade ou mera
fabulação,
essa quimera
à nossa espera
— a vida vã —
tem atitudes
de cotovia
apaixonada,
mais a altitude
e a fantasia
meio peralta
de uma rosácea
de catedral:
quanto mais alta
e mais colorida
tanto mais falsos
luz e vitral.

Mas te concedo:
pode ser cedo
para saber
se o que fizeste
passou no teste;
vale dizer
que o que me encanta

Bruno Tolentino

não é que a vida
seja fingida
como a romã
mais cortesã
de todo um Paço
Imperial
— isso é até fácil;
bem mais me espanta
é que a nossa amiga
— a arte — consiga
nos convencer
de que é o luxo
melhor do ser
só porque canta,
só porque imita
certos repuxos
do coração
incondicional!

Claro, me irrita
que o Leopardi
(que as amou tanto)
tenha razão:
a vida é vã
e a arte outro tanto
porque uma é encanto
e a outra é magia...
Se *'la smarrita'*

Anulação & Outros Reparos

seduz e encanta,
se ne va via
com certa graça
contemporânea
dos descompassos,
mas que adianta
às alminhas tontas
de poesia?
Feitas as contas,
sobra uma ingrata
subtração:
a arte é vã
e a tal de vida
é uma romã
de imitação
— aparentada,
ou parecida
a essas avelãs
que todo esquilo
vai, surrupia
e, meio intranqüilo,
esconde, guarda
para mais tarde.
Lá vem um dia
em que, às escondidas
de seu esquilo,
essa preferida
dos reis das rãs

Bruno Tolentino

que somos todos
reaparece
— veja você —
com o ar de martírio
dos velhos lírios
nos tais buquês
morais... Balelas!
Sonhos! Engodos!
Essa fingida,
bela senhora
que nos namora
só da janela
como se fosse
uma senhorita
das mais donzelas,
parece doce,
mas faz é fita —
sabemos todos
que é a arte-vida,
a arte do estilo,
a vida-poesia,
ou seja: é aquilo
que finalmente
mais dói na gente.

V

Quieta, calada
como quem cisma

Anulação & Outros Reparos

que a realidade
não a merece
(como quem desce
a última escada
sem que se lembre
por que descia),
lá vem a harpia
que nos comia
pela metade —
e lá vem sempre
como a alvorada:
nua, do nada.

A alma espia
essa castelã
sempre à distância,
mas nossa ânsia
meio malsã
de que nos queira
quem sabe um dia,
deixa a verdade
de lado e trata
da serenata
que agrade à bela,
mas que em verdade
se nos persuade
mal chega a ela,
a essa beldade

Bruno Tolentino

meio altaneira
que às vezes lança-
nos do balcão
as vagas tranças
que nunca alcançam
o rés-do-chão...

A coisa fica
tumultuada
e se complica
imediatamente
porque a sumida
que havia tempos
ninguém mais via,
logo entontece
com os sete ventos
da fantasia
nossa vertente
mais firme e franca,
mais francamente
lúcida e sólida.
Alada ('*eólica...*')
como o mistério
de mais um zéfiro
com dor de cólica,
descabelada,
mas majestosa
e mais dolorosa

que o próprio cisne,
do Baudelaire,
essa impudente
bacante branca
imita a planta
dos pés da alma:
finge-se calma
mas calmamente
nos diz que vem
cantar, que quer
cantar — e canta...

E como ninguém!
Diante de nós
abre a garganta
com um caco, um prego,
uma verruma,
o gume cego
do próprio canto;
passa sentença
como um juiz
e se esparrama
verso por verso
pelo universo,
derrama a voz!
Fogo-de-palha?
Quem dera, irmão!
Que nem a Ismália

Bruno Tolentino

do nobre vate
de Mariana,
ela se engana
de lua e bate
e rebate o par
de asas que pensa
que tem, coitada;
não crê no chão
e algo lhe diz
que é mais bonita,
mais delicada
essa ilusão.

Toda canção
ainda lhe é pouca,
Ismália é louca
pela emoção
que sai da boca...
Se ainda hesita,
está por um triz,
está na beirada
do seu balcão
— que se há de fazer?
Tal é o prazer
que essa alma-dama
sente na cama
com a anulação
que enfim se excita

Anulação & Outros Reparos

demais da conta
e, meio tonta,
meio ao azar,
solta-se e, imensa
e sublimemente
— do ar ao nada,
do nada ao ar —
paira sozinha,
solta, soltinha,
e vai se escangalha
completamente:
senão no fundo
do precipício
chamado mar,
no chão imundo
de um edifício.
É de amargar!

Morrer é o vício
do verbo amar:
Ismália quis
se evaporar,
pobre infeliz,
porque nos ama
liricamente,
coitada, é louca,
louca por nós...
De quando em quando

Bruno Tolentino

faz diferente,
morre cantando:
de viva voz
a louca assume
sua paixão
sem solução,
a tresloucada
paixão do nada
que tem, e acha
que tem por nós!
Apaixonada,
não morre só,
morre em voz baixa,
essa voz rouca,
essa voz casta
e cheia de dó,
o dó sustenido
que nunca basta,
que arranha o ouvido
e mal faz sentido,
mas nos comove
como o perfume
de um corpo jovem
que se desata
e depois se mata
absurdamente
longe da gente...

Anulação & Outros Reparos

Ah, a adolescente
sombra querida!
A flor delida
da cor da vida
que de repente
solta o perfume
que nos maltrata,
que vem e mata-
nos de saudades!
Inconsciente,
ela enfia a pata
sem piedade
pelas feridas
velhas e jovens
e nos revolve
de modo atroz,
especialmente
quando resolve
dizer (e diz!)
quem fomos nós...
Ah, como dói
dentro da gente
essa metade
da realidade
que nos persegue
com mil ardis
mas não percebe
que a noite desce

e corre atrás
de nós às cegas
— como uma cega
que não consegue
ver que anoitece,
que é muito tarde,
tarde demais!

A doida dói
mais friamente
quando não mente,
quando resume
num só perfume
a despedida
mais dolorosa
e um pioneiro,
primeiro idílio
vivido ao brilho
filho da luz
— a luz praiana
de uma cabana
de telha-vã
na areia clara
entre dois azuis...
Olha, repara
na limpidez
daqueles jovens:
é uma nudez
a uma só voz

compondo a ária
tumultuosa,
a que mais seduz;
é a cotovia,
a flor da manhã,
e ama demais
e o seu galã
magrela e nu...
Não vês? É ela
lá na sacada,
sobre o balcão:
do não ao nada,
do nada ao chão,
Ismália é ela
e ele és tu —
tu, meu rapaz...

VI

Ah, o que ela faz
conosco um dia,
a louca, a bela
Ismália-Ofélia,
essa camélia
que mal suspira
vira um horror!
A esse caroço
de sobremesa
no calabouço

Bruno Tolentino

chamam-no vida,
arte... É mentira!
É só frieza
o ídolo tosco
em que tanto cremos,
sabe que faz
o que quer conosco!
O monstro enorme,
nosso mamute,
nosso Boaz
que nunca dorme
nem deixa Rute
dormir em paz,
é simplesmente
tudo o que temos
e de repente
não o temos mais...
Quando não for
nosso estupor,
o monstro em flor
é a doce Elvira
que ama, delira,
tira o uniforme
e inventa, faz
a vida, o amor...
A louca em flor
que faz o moço
gemer e geme,

suspira e dorme
com ele, tira-
lhe a pele e a paz,
depois se atira
da torre doida,
dentro de um poço
de elevador!
Ah, o derradeiro
e primeiro amor!
A flor suicida,
nossa querida
na doce boda
toda escondida,
a noite toda
e a vida inteira
suspira à beira
da ribanceira
mais dolorida...

É a arte? A vida?
Ora, por quem sois!
É aquele brilho
que ama e depois
fere e destrói
— gota de mel
sabendo a fel,
gota que dói
como no Filho

Bruno Tolentino

a mão do Pai,
como no Pai
a dor do Filho...
E lá se vai
rumo do Céu,
nossa gotinha
que se perdeu...
A minha foi
de cambulhada,
sem despedida —
romã no exílio,
coisa perdida
como um embrulho,
o entulho, o boi
numa enxurrada,
boi da balada
do Manuel...

A esse boi morto.
vi-o em Granada
um dia — eu creio,
pois mal notei-o,
a visão se foi.
Foi da sacada
de um velho hotel;
sem que lhes possa
dizer se tive
a visão correta
— pois sou poeta

etc. & tal —
uma madrugada
de chuva grossa,
meio absorto,
vi-o passar,
boiar, sumir
por um declive...
Flutuava livre
rumo do mar,
o pobre animal,
mas não sabia
de liberdades
nem de mais nada,
estava ali
diante de mim
e parecia
nada, um sinal...

A um certo nível
a alma reclama
um funeral
mais exequível
porque é terrível
acabar assim —
numa agonia
destrambelhada,
coisa enrolada
em lodo, jornal,
lama, enxurrada...

Bruno Tolentino

Pude sentir
como é horrível
ser um sinal
carnal na lama...
Acho que vi
a dor carnal
da alma gitana
aquele dia;
mal percebi-a,
mas vi-a sim:
passou por mim
torrencial,
súbita, igual
à fantasia
meio imoral
que não tem fim,
mas por ali
o povo chama
*cante, poesia,
Guadalquivir...*

Rolei na cama
a manhã todinha
pensado nela
e revendo um boi:
uma se foi
mais que sozinha,

Anulação & Outros Reparos

a minha amada,
minha andorinha
que era tão bela
e foi destroçada;
o outro, um bicho
virando lixo
numa enxurrada,
pairava sobre
a água salobre
que ia e vinha
no tempo afora
e volta-me agora
a distintos níveis,
de misturada
com essas memórias
nulas e minhas,
todas terríveis,
ensanguentadas
e dolorosas
se percebidas
de uma sacada,
todas roídas
e majestosas
por iguaizinhas
a essas ruínas
que contam a história
que não termina.

Bruno Tolentino

E é isso a vida:
bela e mesquinha,
a nossa querida
e miserazinha
cuja alta sorte
é virar rainha
depois da morte.
Não que me importe
que sobrem apenas
vagas carcaças,
entulhos, bichos,
e a dor que passa
e a que não passa;
não que ame a morte,
mas não me agarro
mais que um instante
ao lodo, ao barro,
ou mesmo à graça
das esvoaçantes
plumas e penas
que a vida arranca,
algumas brancas,
outras morenas,
todas apenas
sobras das sombras
que foram pombas,
plumas no lixo
de misturada

com as açucenas
estilhaçadas
e a dor dos lírios
nos meus delírios
de velho amante.

Que importa agora
se a tua amada
morreu de cólera,
caiu da escada?
Tudo são cenas
meio apagadas,
corpo presente
e semidistante
da margarida
mal desfolhada
na intermitente
soma de instantes
que um dia a vida,
essa cabra-cega,
pega e carrega
rumo do nada.
Até porque
tudo o que vê
a louca arranca,
veja você!
Arranca e leva
rumo da treva

desorbitada...
Se a alma ainda sente
já não diz nada,
tudo é semente
desperdiçada,
sombra afogada,
boi na corrente,
e pouco importa
se foste ou és,
é à Inez já morta
que beijam os pés...
Tudo é somente
a fábula vã
que indiferente
e inocentemente
mata, trucida;
fica a ferida
como um presente
mal embrulhado
ou cicatrizado,
segundo tenha
ou não tenha cura.
E enquanto dura,
que vá ou venha,
que finja ou cisme,
fere, tortura
até que sente
cantar o cisne,
louvar a altura.

VII

Parece urgente
e é indiferente
se a criatura
padece ou goza;
nossa romã
deliciosa
(e madrasta) sente
que é temporã
mas preciosa
quando nos ama,
ou quando parece
gostar da gente
e — ó hipocrisia! —
vem nos reclama
insistentemente,
com aquela pressa,
com aquele afã
meio demente
com que se corta
rabo e cabeça
a uma serpente
depois se enfia
tudo na aorta
do adolescente
que mais careça.

Bruno Tolentino

Ah, a vida bela!
Que a compre e venda
quem não conheça
o que vale a lenda...
Eu cá sei que dela
mal sobra aquela
visão do mal
arquetipal
que eu tive um dia:
a acrobacia
em pleno ar
de uma Coral
para alcançar
mais um pardal...
Foi fascinante!
Naquele instante
vi quanto é fria
a arte, a poesia:
o canto é a cara
extraordinária
do contingente
e é indiferente
a presa ou a ária —
não há saída
entre o Bem e o Mal.
É a dor moral
o que separa
o sensciente

do corporal;
a chaga ungida
é coisa rara,
o natural
é que a ferida
que a carne sente
seja sentida
na solitária
ou num matagal.
Coisas da vida...

E coisa da Musa,
naturalmente!
Porque a mordida
é das mais cruéis
e não tem antídoto,
mas tudo é tido
por natural —
há mais que um gozo
no ritual
mais escabroso
e, ó por quem és,
réptil vaidoso,
doce Medusa,
quem se recusa
a beijar-te os pés?
Bela e confusa
como a Babéis

Bruno Tolentino

que nos ofuscam
com as altas músicas
que mordem a mente
— ah, menestréis,
como ela é bela,
essa serpente!
Especialmente
quando começa
como a promessa
da luz nascente,
de outra manhã
que nos contente,
que complemente
nossa nudez...

Não é verdade.
Nem uma vez
a castelã
da torre fria
que imita a alma
mas nos espia
de alma vazia,
nem uma vez
essa espiã
vazia e calma
cumpre a promessa
que nos fazia.
A eternidade

que ela nos traz
é a vã porfia
sem caridade
é a coisa vã;
doce talvez
até demais
porque nos mente,
ou porque, mal
nos vê contentes,
tanto nos fia
quanto desfia
imediatamente...

Linda, é verdade,
esta vida é sempre,
ou quase que sempre
cega, brutal,
e a tal da 'obra'
é um ritual
como o da cobra
no matagal;
uma é só charme
e a outra é a carne
da feiticeira
cheirando a enxofre;
a que cedo ou tarde
nos maravilha,
não porque sofre

Bruno Tolentino

numa fogueira,
mas porque brilha
enquanto arde —
como a romã,
nossa parceira
de imitação
até ao final!
Mas por que não
se a arte, etc.,
essa promessa
meio malsã
que desespera
a alma pagã,
tanto persuade
quanto sufoca
e beija na boca
e nos envenena
na última cena
que anula a peça?

Tudo é ilusão.
Mas como não
se a vida, a vida
— nossa romã
bela e fingida —
é temporã,
é traiçoeira,
e a arte, a poesia,

Anulação & Outros Reparos

é a cada dia
menos verdade
e mais fantasia
pela metade,
menos confessa,
menos da gente,
mais francamente
coisa da mente,
conquanto seja
o melhor do ser.
Até que o vejam
abrir as veias
para morrer,
a vida é pouca
e a arte uma louca
indiferente,
senão alheia
ao Bem e ao Belo,
porque assim é
todo castelo
feito de areia
na maré cheia.

Não só as árvores
morrem de pé,
há certos mármores
e parasitas
que se acredita

Bruno Tolentino

não tenham fim
porque não têm chão;
eu sei que não,
mas ainda assim
fui como o boi
que foi na cheia:
me acostumei
a dizer-lhe sim
e um dia a vida,
a romã fingida
que imita a arte,
chamou-me à parte
e rolou-me os dados
que tem marcados
desde o começo;
cobrou-me um preço
que não valia
o que oferecia,
mas, ai de mim!,
eu sei que tinha
de amá-la e amei-a,
tão pouco minha
como era e foi.

Alguma lei
que imaginei
talvez mais alta
me compelia
a amar em vão

— e amar a falta
faz o poeta...
Sem alvo ou meta,
amei a seta
por ser assim:
rápida e linda
e tão parecida
à arte da vida
a fugir de mim,
tão pouco minha
como hoje é.

Lá vou sumindo
como a fumaça,
mas acho lindo,
acho-lhe graça
e, melhor ainda,
acho natural.
Porque afinal,
Senhor, que tinha,
que tem de mal
que a alma imortal
diga-lhe *sim*
à última louca
a beijar-lhe a boca?
O beijo da Parca
dá no Infinito...
Inez é morta?
Não acredito:

Bruno Tolentino

pulou a cerca,
sumiu, que importa?
Não canto o nada
como Drummond
e nem a forca
como Villon:
canto a chegada
da última barca,
pois não é dito
que a alma se perca...
Canto a poesia
do último sol,
a fuzilada
que levou Lorca,
'los cuernos cerca,
Sanchez Mejias...'
Como diria
o sangue e o gênio
de outro espanhol,
'la vida es sueño'.
Quem se iludia?

Novembro de 1997

III. UM EPÍLOGO

*Duas reflexões do Autor
à margem da Edição Definitiva*

Primeira:

A OBSESSÃO MUSICAL

*Seria o ser tam quam non esset...? A obsessão
da anulação que eu meditei desde um começo
foi colorindo tudo aquilo que eu conheço.
Mas pouco importa que se anule um coração.
O que mais punge contemplar, ó solidão
que esquadrinhaste o teu pomar e o seu avesso,
é essa erosão, esse apagar que paga o preço
do que eu tocar... O que não tem consolação
é a indeclinável agonia do perfeito,
do que deslumbra e vai sumindo enquanto vão
se amontoar musicalmente em cada peito
nada — os acordes que eram tudo e que serão
amontoamento desolado porque estão
ao teu dispor, anulação, único leito...*

*É o lamento o que dura, a dourada elegia,
o louvor do perdido, o lavor musical
da renda funerária... A música é imortal
por ser esse epitáfio tornado a epifania
que sozinho triunfa e faz do que perdia
a lágrima perfeita, agora intemporal.
Há só o acorde que arrancamos ao real
depois que tudo se desfaz, nossa agonia*

é musical porque o fugaz, essa luz fria,
é a passacaglia *que bailamos ante o umbral*
da perfeição— mas se a esse baile sem valia
o canto extrai uma escultura funeral
a música do ser deixa de ser mortal
porque reúne o dispersado a uma harmonia.

(A Imitação do Amanhecer, II /18-19)

Com a pachorra da lesma e a diligência da toupeira, esperei que toda uma vida se pusesse por trás de cada um de meus livros para dá-los a público — quanto mais para consentir na reimpressão do mais ralo deles! Sucumbo aqui à tentação da necessidade: velho de trinta e tantos anos, a presente edição completa de meu livro de estréia estabelece em definitivo o texto da primeira instância numa Obra Poética que será o que quiserem, nunca assistemática, arbitrária ou casual. Ao remover assim o carro de adiante dos bois, procedo, ademais, a uma elementar prestação de contas: um homem culto e adulto, um editor de cultura, assume-o e um autor nacional por três décadas ausente dirige-se, sem mais ilusões, ao que restou de vida inteligente no país. E o faz com a noção de *obra conexa* — escassamente '*in progress*'. O que arrisca soar como um anacronismo à hora dos *Show & Co.*, mas reafirma os princípios que motivaram e conduziram a feitura da *opera omnia*: ordem na abordagem, abrangência das vistas, correlação das partes e coesão do todo num sistema poético que desde sempre se quis "aparentado", por assim dizer, aos afrescos em série com que, por

Anulação & Outros Reparos

exemplo, Piero em Arezzo, Masaccio em Florença ou Giotto em Assis apresentaram ao mundo que conheciam suas cosmogonias, ou seja: o mundo como o reconheciam — nunca o mundo-como-idéia.

Três décadas e meia atrás, tratava-se ainda do ponto de partida no projeto de uma vida, dos primeiros passos — ou traços iniciais num painel a construir-se — portanto de uma promessa feita. Agora, nestes textos antigos em recapitulação ao portal de um todo, trata-se do *afidavit* daquela promessa cumprida. Em novembro de 1963 era este um livro que, do momento de sua premiação[1] e até imediatamente após sua apresentação ao público leitor, sobreviveria a todas as zoeiras da má-fé e do mau gosto. Isto feito, livro e autor iriam sumir ante a avalanche de sucessivas levas de Febeapá,[2] o Festival de Besteiras que concebeu, engendrou e amamentou a ilegalidade institucional, institucionalizando assim a anti-História e seus subprodutos, em particular o engodo e a confusão entre arte e documento. Ainda assim não há como escapar ao caráter documental de meu presente esforço exu-

---

[1] Consoante o título geral de *Seteclaves*, a obra premiada continha sete seções, todas representadas na presente edição. Das Seções I e II extraí o que é hoje a *Primeira Parte* do livro. Com os dois 'movimentos' do ciclo de sonetos (Seções III e IV), compõem a forma definitiva da obra amostras da Seção VI, toda de traduções, das quais mantive os sonetos de Rilke, a *Ballatetta* e meu ruidoso pomo-da-discórdia com o Sapo-*intradutor:* o Crane de *Louvor a uma urna fúnebre...* Os poemas franceses da Seção VII já vieram a público na versão bilíngüe de *Le Vrai le Vain* (Actuels, Collection La Part du Feu, Paris, 1971); representa-os aqui *L'évocation à l'Idée* por carecer ainda de um satisfatório correspondente em vernáculo. Da Seção V, que continha meus rudimentos de sátira, sobrevivem apenas *O Estrambote do Morro do Encanto* e *O morto habituado*.

[2] *O Festival de besteiras que assola o país*, título de um histórico livro do Sérgio Porto daqueles anos, mais que nunca atualíssimo.

matório: estes velhos versos, se não é fato que os escondi, como se tem murmurado — esconderam-nos os Febeapenses! — tratei-os a pão e água. Por isso mesmo de uma tal distância trago-os aqui hoje na única forma em que os conseguiria ler: tão limpos quanto possível das elipses e obscuridades da apressada edição original, assim como de certas imprecisões de léxico e sintaxe.[3] Como Murilo Mendes, também eu aspiro a ser meu contemporâneo, não meu sobrevivente!

Mas valeu o regime, senão a adenda: com a reincorporação do *"ciclo de sonetos de 1958"* a que se refere o prefácio de José Guilherme Merquior, reconstitui-se enfim a fisionomia essencial do texto premiado e desmembrado há tantos anos. Claro, o documental limita onde elucida: o livro tal como o conheceu o leitor à época perde em concisão e unidade ao recobrar as cordas daquele velho e operático *Interlúdio,* mas ao menos mostra inteiro o *"young poet"* a que se referia seu prefaciador. Confessional, o que esta edição torna patente é que se tratava ao menos de três livros: os dois primeiros aparentados ainda e o último a cada página distanciando-se de ambos. Esboça-se entre eles a meados de 1959 como uma espécie de fissura que, iniciada na descoberta do amor, iria culminar na confrontação da morte — no caso as de Lúcia Miguel Pereira e Otávio Tarquínio de Sousa, três dias antes que se acabasse a célebre década de 50, nossa última contribuição de peso à cambaleante civili-

---

[3] Faço minha a explicação de Montale em suas notas à edição definitiva de *Le occasione:* "*Ho cercato di chiarire alcuni (...) luoghi nei quali una eccessiva confidenza nella mia materia può avermi indotto a minore perspicuità*" (*Tutte le poesie,* Mondadori, Roma, 1977).

zação dos trópicos. O desastre, para mim geral, daqueles dias "*cheios / da cinza mais cara*", daria à metade terrena do "Centauro" conotações menos cósmicas e contextos mais duros em que "*enterrar a cabeça espavorida*" — exatamente onde a tragédia a punha...

Aquele "*girassol no escuro*" tinha razão: não perdia apenas um rosto solar, perdia seu lugar "*no reino iluminado*". A infância da alma acabava de morrer. Foi como começou a terminar — patente nos textos aqui reunidos não por acaso sob o título-marcação *Alla Breve* — um tateamento às escuras entre as coordenadas literárias da época, como inventariadas na minúcia de um prefácio em tudo ímpar. Começava para valer a busca, ainda incipiente, daquela "*voz própria*" que João Cabral me atribuiria quase em seguida, mas que — assim como deixo claro no solilóquio em versos que compus para arrematar esta edição: *O Último Reparo* — ainda hoje tal não encontro eu cá. Todo estreante acredita ter afinado corretamente seus rudimentos de lira, mas, creia-me, leitor, aquele não: para o jovem que eu era então o anelado e sofisticado "ciclo de sonetos" constituía o teste e a meta, neles trabalhava metodicamente horas a fio. Contrapunham-se-me (com uma gravidade que hoje se me afigura tão comovente quanto incômoda) aos bem mais tangíveis poemas franceses de *Le Vrai Le Vain*, começados em 1959. Em uns e outros residiam para mim um desafio e um projeto; no mais que fazia em vernáculo parecia-me investir apenas numa aprendizagem sem pressa ou preço definitivo. Porque, não fosse a tentação da enorme soma que prometia o Prêmio Revelação de Autor,[4] não é certo que sequer um terço deles, se tanto, tivesse jamais sobrevivido à minha obsessiva ojeriza ante a temerária aventura pública do autor ainda implume. É esse mal-estar que sinto ainda hoje (agora mesmo) ao folhear o livro tal como aparecera à época e tanta polêmica iria causar.

Naquela primeira publicação do texto laureado a cisão da obra original entre o *Anulação & outros reparos* de Massao Ohno em Novembro de 1963 e *A Elegia Obsessiva*, anunciada em sua folha-de-rosto para o ano seguinte, foi mais uma decisão controversa, e para mim especialmente delicada; sugerida por Ênio Silveira, instada por Drummond e aprovada por um Bandeira excessivamente afeito àqueles sonetos, contrariava o parecer do relator da Comissão Julgadora, Ledo Ivo,[5] cioso da integridade do livro que premiara. E, efetivamente, a coisa se iria complicar com a debandada geral de abril de 1964, meu exílio instantâneo e as agruras que para o combativo editor não cessariam mais. Por tempo indeterminado na Europa, eu empenhava-me por um lado em terminar *Le Vrai Le Vain* e por outro engolfava-me cada dia mais na composição de *Os Deuses de Hoje*.[6] Malgrado os bons ofícios de Odylo Costa, filho e a intermediação de Afonso Arinos e Giuseppe Ungaretti, era inevitá-

---

[4] Cerca de seis mil dólares, várias vezes este valor em termos de hoje. Comprei um sítio no Recreio e passei a criar galinhas e vender-lhes os ovos a nossos intelectuais: Marly, Clarice, Nélida, Manuel, Dona Cecília, Dr. Alceu, Dr. Rodrigo, Drummond, Augusto Meyer... Este dizia que eu era nosso único poeta a "*viver da pena*".

[5] Os "*altos conselhos*" a que se refere Merquior, ele mesmo voto vencido à ocasião.

[6] *Os Deuses de Hoje, Poemas 1964-94*, Rio de Janeiro, Record, 1995.

vel que me desinteressasse de distantes tropeços editoriais em que vagava a sorte de peças de juvenília tornadas duplamente obsoletas pela gravidade de nossa mais recente "hora sexta". Uma vez exumados, no entanto, caberia dizer algo mais dos sonetos como aqui vão.

Talvez sejam menos cediços do que chegaram a me parecer ao longo dos anos de exílio; em todo caso não os poderia espanar mais do que subseqüentemente o fiz sem desfigurar sem cabimento um passado que, bem ou mal, serviu de alicerce à construção de minha obra poética. A primeira preocupação daquele adolescente era a de emular Rainer Maria Rilke, como se observa até na divisão binária do ciclo. Não de todo arbitrária, aliás: os dois "movimentos", se buscavam ecoar os célebres *Erster & Zweiter Teile*, respondiam também a experiências marcadamente distintas, as primeiras tão ancoradas a uma simbologia referencial quanto as segundas a referências diretamente vividas. Para evitar, ou camuflar ao máximo a sombra do modelo, eu acabara por recorrer a um estilo entre o dialogal e o diáfano, tendendo à "dicção mesclada" que era já como o ensaio do que haveria de fazer mais tarde. E bem mais tarde aliás, ao voltar em 1979 a escrever diretamente em português. E porque um dos primeiros, se indecisos, instantes nesse retorno tardio foi justamente a elegia em *terza rima* a que devo a mais dolorida instância entre minhas tantas evocações de Anecy Rocha, faço-a estampar como um frontispício natural a um livro em que vagueia sua singela sombra doce — já agora da primeira à última página.

Isto posto, Rainer Maria ou Heinemania à parte, havia outrossim qualquer coisa mais de imponderável, ou irredutível, por trás da aventura formal e da temática de escol em que se anuviava um adolescente ainda mal descido das árvores de sua nativa Floresta da Tijuca — a saber: quando dos primeiros esboços do "ciclo" naquele Verão de 1958, eu voltava de um longo veraneio em São Lourenço, onde mergulhara nas águas medicinais com menos constância do que me deixara imergir nos argênteos arroios do Ungaretti do *Sentimento del Tempo* e *La Terra Promessa*. Do que regorgitar animadamente os temas do fim-da-juventude (!) e do paganismo órfico-apolíneo, de mistura com o *memento mori* cristianizante. Tudo sob uma espécie de angústia temporal verídica, mas ao cabo menos precoce do que "transplantada" sem mais cerimônias do *Auguri per il mio cumpleanno* ou *La morte meditata* — como dos *Inni*, das *Legende*, dos *Cori descrittivi di stati d'animo di Didone*, etc. A dificuldade de assimilar tudo aquilo sem a costumeira assistência de Marly de Oliveira (então em Roma estudando com o próprio Ungaretti) talvez responda pelo tom patético das construções mentais que insistem em passar por "estados d'alma". E no entanto — *behold!* — aqui e ali uma que outra termina mesmo por evocar (se muito palidamente) algo aparentado à sinceridade virgiliana do grande italiano de Alexandria...[7]

---

[7] Cabe registrar que sob o olho crítico de Ungaretti boa parte, ao menos, da série de sonetos foi esmiuçada em Roma durante o Outono de 1964. Seria, aliás, o grande poeta em sua visita de adeus ao Brasil o portador da presente versão final ao grande editor. Às datas da primeira composição (Fevereiro de 1958 / Setembro de 1959) seria próprio justapor, portanto, aquelas luminosas tardes de "*apunti romani*".

Anulação & Outros Reparos

Ao retornar da Bahia em Outubro de 1960 eu havia exaurido as forças, mas acreditava haver composto uma coletânea apoiada a um verdadeiro *Livro de Sonetos*; senão a Orfeu, a um Dionísio *sortable,* ou apolinisado o bastante para passar por unitário e até certo ponto original. Alguns anos mais e sorria daquela pretensão... Não conseguira muito do que almejara, e não era de espantar: após haver composto em tom declamatório aquele *Primeiro Movimento*, o jovem que tanto falastrara sobre "o ser" e suas escolhas existenciais — a morte, a abnegação, "o amor" — iria enfim conhecer a este último e amargar algumas daquelas... Certa tarde de maio de 1959 eu trocara o maxilar inferior de todos os mortos e arcanos pela figura envolta em uniforme branco de uma Anecy colegial. Com ela descobriria a diferença vital entre o espírito e a espécie de fantasia lírica que o quer a todo custo representar. Por aquela jovem, pelo afeto que esbanjava e me ensinou; pela ansiedade do matrimônio proibido (éramos ambos sem idade para prescindir da permissão familiar, sobretudo da fraterna...); pelo trauma da paternidade frustrada e outros percalços não menos dramáticos — por tudo aquilo e o céu também eu acabaria por arrancar à sombra de Rainer Maria como aos ambíguos paraísos da Idéia aquele *Segundo Movimento*, efetivamente os primeiros passos rumo ao *Anulação & outros reparos* a que inscreveria uma discreta dedicatória à amada, já então esposa de outro: lia-se apenas um minúsculo "*para A.*" na edição de 1963.

"*Warum gabst du uns die tiefen Bliecke?*" ponderava um Goethe maduro... Hoje, à luz de quantos *profundos olhares* me tenham sido conferidos, resta que o simples cotejo entre, de um lado, sobretudo a primeira série dos sonetos, de registro bem mais idealizante, e do outro um segundo movimento tendente àquela fase em que José Guilherme via com razão "*a parte mais madura do livro*", torna evidente que, até que tivesse como e por que compor o doloroso duo *Na Morte de Lúcia Miguel Pereira*, toda a minha lírica, langorosa ou reflexiva, se havia dirigido às *idéias,* sobretudo às derivações do *eros thanatos,* escassamente à elusiva relação entre as almas e os corpos, de que eu pouco ou nada sabia. Só ao ritmo dos últimos corcovos dos anos cinqüenta aquele "Centauro" do terceiro soneto iria "*erguer o chão primeiro*" para despedaçado ascender, não ao lisonjeiro estado de constelação, nem à aguardada "*majestade da Beleza*", mas à áspera doçura daquele conhecimento que paira sempre entre a ascese agostiniana e o paulino "*aguilhão na carne*"...[8] E é como hoje me explico — sem entendê-lo mais do que poderia redimi-lo — o mal-resolvido simbolismo romanizado daqueles primeiros esforços marmóreos e juvenis em sonetizar um imaginário mundo pessoal entre o indizível e o inefável: o Cristo uma vez mais encurralara o trânsfuga hesitante entre "*o dom da Cruz*" e aquela "*terceira figura da trindade / hermética no belo santuário*" cujo altar era mesmo imaginário...

Eu começava a dar-me conta de haver fugido às empostadas entonações dos *Sonetos de amor e morte* que abriam o

---
[8] 2 Coríntios, 12:7-10.

Opus 1 e único de um Mário Faustino pagão militante,[9] na direção das modulações bem mais dúteis e críveis do magnífico *Ausência viva* de Otávio Mora;[10] mas acabaria por constatar também que entre o alegórico e o mitológico pairava o fantasioso: faltava-me ainda aquele *aguilhão* que é a vida feita do difícil amor ao próximo entre as ferocidades combinadas da morte e da ilusão. O resultado de então é aposto aqui como ficou e como o merece: como um mero *Interlúdio*, porque era e permanece um misto de incongruências irredimíveis por qualquer retoque meramente formal, ainda quando sob as batutas combinadas de Marly de Oliveira e Giuseppe Ungaretti. Aquele amoroso *teenager* apostrofando sobre "*o tempo*", "*a morte*", "*os délficos mistérios*" etc. hoje parece-me dever menos a Cupido, a Apolo ou a Caronte que a Narciso, esse "*Je*" que não é nunca "*un autre*"... Quando o imagine ser, coitado, só o será até quando uma mulher — no caso uma grande mulher — o vê partido ao meio, mentando as constelações e os girassóis do *Kosmos*, e vai e o costura pacientemente à vida. Pareceu-me ainda agora ouvir em alguns dos ditos "*grandes panejamentos discursivos*" (?) daquele *Segundo Movimento* algo de próximo ao que há de menos obscurecido no mais denso deste livro: uma aderência menos vaga à sacra e rasa matéria "*desta vida mendiga*". Se assim for, trata-se de algo que até meu belo e traumático encontro com Anecy — a cuja memória é dedicada esta nova edição — não creio que nada em mim houvesse sequer aflorado.

---

[9] *O Homem e sua Hora*, Rio de Janeiro, Livros de Portugal, 1955.
[10] Rio de Janeiro, Livraria São José, 1956.

Segunda:

A ESPIRAL REDENTORA

Como nos figuramos o ser? Imaginemos
uma instantânea escadaria em espiral
que tocasse subir e descer, mas que mal
permitisse entrever entre seus dois extremos
o degrau já pisado e o próximo degrau;
ali, supondo tudo entre aqueles dois ermos,
o que intuirmos como aquilo que entendermos
torna-se conjetura — sonho bom, sonho mau,
tudo se esvai: vemos o ser no instante apenas.
Mas se os instantes fossem prismas num cristal?
A sucessão de seus degraus seriam as cenas
de um só caleidoscópio, a cuja luz de umbral
o que ele faz no escuro, seu baile de falenas,
seus vaga-lumes, somariam o ser total...

Vive-se um intervalo contínuo, a hesitação
de um instante brevíssimo ante outro, e é possível
que essa aflição de rodopio atrás de um nível,
essa espiral de escadaria entre a emoção
e a instante tradução de tudo no intangível,
anulem o ser aos poucos, numa aceleração
incapaz de retê-lo nas malhas do sensível
— a fuga, o esgarçamento dos trapos da visão...

Bruno Tolentino

Mas pode ser que o ser para lá da nudez,
do holocausto ou das sombras de uma luz ilusória,
confunda-se à espiral redentora... E talvez
em vez de um mero ocaso seja só isso a História:
talvez de uma harmonia mais alta que a memória
— sua razão de ser — surja o ser outra vez...

(A Imitação do Amanhecer, II / 39-40)

Trégua, pois, de nostalgias senis! Seria ocioso falar de arte e vida em conluio sem referir um "outro" encontro decisivo para o jovem autor: desde minha primeira leitura de Drummond (instada por Zila Mamede e supervisada por Ruth Maria Chaves) no Outono de 1955, sua lira metafísica me havia encurralado. Mas fora com a descoberta de *Nudez*, à abertura de sua mais recente coletânea dentre os *Poemas* de 1959, que me achara convocado pela urgência de dar continuidade à poesia do pensamento como o vate de Itabira a acabava de definir de uma vez por todas. Absolutamente intoxicado da inimitável dicção daquela terceira fase do bardo, optei por uma espécie de contraponto à voz reflexiva de Rilke e Montale — por uma improvável terceira voz na fuga, como o ironizo em *O Último Reparo*. Parecia-me em todo caso imperativo forjar uma contrapartida a uma voz maior que pela terceira e poderosa vez consecutiva (desde as *Estâncias* de 1947 e passando por aquela *Elegia* de 1953) parecia exigir dos cultores do Verbo no idioma um adentramento à altura de seu desafio.

O homem Carlos Drummond de Andrade, entretanto, valorizava meus textos premiados (inclusive os sofisticados e esotéricos sonetos), o que não era a menor de minhas dificuldades. Restava que sua nova obra-prima "passava a limpo" mais que "a vida" de um mestre: claramente dava-nos e exigia-nos mais aos que pensávamos servir a língua, de repente elevada ao seu mais alto cume deste lado de cá do "*Mar Português*"... De volta a Salvador no início de 1960, eu levava na mala os recém-publicados *Poemas* do itabirano barroco, e nos capilares das têmporas o vírus da nova sintaxe, contra a qual os antídotos combinados de Bandeira e Cecília, ainda quando somados às múltiplas lições de Pessoa, já não bastavam mais. *Les jeux étant faits, rien n'allait plus!* De resto, a dramaticidade de certos eventos e escolhas pessoais a que eu seria arrastado pelo efeito combinado das perdas do primeiro amor e da esperança no futuro sóciopolítico do país, inevitavelmente me levariam à busca de um meio expressivo algo mais complexo do que o modo, por assim dizer, "*dórico*" da lírica que andara cultivando até ao fim dos abastados anos 50.

Pairo longe de sugerir que estivesse no rumo certo, ou que lograsse nada à altura do que me propunha. Malgrado a elegante leitura de José Guilherme, sofro hoje com certo *malaise* a polifonia abstratizante do poema-título e escuto constrangido os rangidos do *Envoi*, e de *Daguerreótipo, Fuga, Oblíqua, Página, Toada, Passacaglia*, etc. Arrepio-me ante cada texto desta coletânea dito "*maior*", na afoita expressão com que meu cordial companheiro brindava aquela *Fuga* de maio de 1962.[11] Tenho ainda bem presente o quanto Elizabeth Bishop, *for one*, resistia ao meu novo "*modo tortuoso de complicar as dificuldades*", numa das frases sem anestésico de nossa aguda e lamentada Lota de Macedo Soares... Noutra dupla de formidáveis, Dona Cecília e Dom Manuel tampouco escondiam "desconfiar" de toda aquela "*densidade sem necessidade*", como me disse uma vez entre dentes nosso impiedoso, lúcido dentuço. Felizmente (acredite quem quiser!) o itinerante de Pasárgada resmungava o mesmo da *Elegia*, da *Escada* e do *Canto Órfico* do fazendeiro-pensador: lacedemônico, ao Drummond filosófico o filho do Recife parecia preferir o paisagista moral de *Desaparecimento de Luísa Porto*, o mago danteliotesco de *A máquina do mundo*, senão mesmo o panfletista comovido daquele audenesco *Contemplação no banco*...

Não é dizer com isso que nem toda a sabedoria manuelina mais a ática algidez ceciliana lograssem remover meu sentimento de urgência em contorcer a sintaxe para espremer-lhe "*qualche storta sillaba*", os sumos secretos da lírica *alla Montale*.[12] Ou de enveredar, *faute de mieux*, por aqueles atalhos da dicção onde, na trilha do Perse de *Anabase*, do Seferis do *Tordo*, ou do Quasímodo de *La terra impareggiabile*, o demótico rarefeito começa a transmutar-se em

---

[11] Provavelmente porque o Poeta Maior o assinalara em todo o livro, o que dera ocasião à dedicatória.

[12] "*Non domandarci la formula che mondi possa aprirti, / sì qualche storta sillaba e secca come um ramo. / Codesto solo oggi possiamo dirti, / ciò che* non *siamo, ciò che* non *vogliamo.*" (*Ossi di sepia*, I:9-12, Gobetti, Gênova, 1925).

canto puro: os três me haviam chegado às mãos naquele Verão de 1959-60.[13] Mas Manuel, *meu santo leigo*,[14] o mais severo dentre os fiscais do real na página, não me perdoava "*a pensadeira*", como nunca cessou de rotular minhas incipientes rapsódias em oblíquo... Era-me ainda assim imperativo colocar em cheque a fluidez léxico-sintática a que eu havia habituado a Musa, já então em pânica debandada ante a profusão interrogatória e provocante fosse daquele inesperado trio mediterrâneo a somar-se-me subitamente a Ungaretti, Montale e Bonnefoy, fosse da nova e suprema voz (rilkeana?) do derradeiro Drummond. E derradeiro porque celebro aqui o vate culminativo e finalizante, o poeta *in extremis* que a partir dos *Novos Poemas* vai galgar os píncaros da vertigem pneumônica com *Claro enigma* até chegar àquela *Nudez* que Jorge Wanderley concorda também ser possivelmente o mais belo poema em nossas letras. E nisto, aliás, não estamos sós, eu e o insuperável recriador de Dante...

Em todo caso à particularíssima melodia de câmera do exemplar terceto *Estâncias-Elegia-Nudez* haveria que atrelar certamente a densidade polifônica subjacente à totalidade das séries *Selo de Minas-Os Lábios Cerrados*, assim como *Um boi vê os homens, A um varão que acaba de nascer, Campo de flores*, ou mais tarde *Ciclo, Inquérito, Procura*, ou mesmo *A um hotel em demolição*. Todos são cumes a que

---

[13] E impressionava-me que, para ecoar a justíssima frase de Carlo Bò sobre o grande sículo, cada um deles tivesse "*saputo testimoniare una fede assoluta nella poesia*".

[14] A expressão, de que já me servi em *O Centenário*, à página 225 de *Os Deuses de Hoje*, é do saudoso Odylo Costa, filho.

não retornaria o autor declinante de *Lição de coisas* e outras seqüelas. Porque em que pesem aqui e ali nessa coletânea — "*no empalidecer de belo sopro contingente*" — um que outro momento de tensão lírica e intensidade reflexiva (*O Padre, a moça*, por exemplo, ou, mais fundo ainda, *Remate*), em definitivo seu último grande livro seria *A vida passada a limpo*. No que respeita a espantosa novidade da dicção naqueles textos absolutamente ímpares que acabo de evocar (e que este livro tanto macaqueia), não é de todo incabível a perplexidade que pergunta: teria sido tudo aquilo uma inevitável decantação do gênio acumulado, ou bem (*aus einer Sturmnacht?*) simplesmente um magnífico relâmpago desgarrado, um triunfo em desvio?

No paradigmático mistério do gênio há os desvios da mente e os desvios do duende... Ao Drummond do imediato pós-guerra poderia ter-lhe ocorrido um daqueles primeiros, não fosse que o duende preparava seu canto de cisne a meio ar entre algo de comparável aos *Last Poems*[15] do místico septuagenário de Sligo e os espasmos finais do grande lígure cético a partir da aparição em Florença de seu para sempre inigualável *Finisterre*.[16] Ao cabo, suas últimas grandes páginas num tom e a uma altitude sem precedentes em nossa lírica seriam para Drummond uma derradeira cartada no imprevisível drama do declínio do poeta máximo; e desse drama os exemplos são instrutivos, vide o mesmo Montale a

---

[15] MacMillan, Londres, 1950. É um milagre sem par ou precedentes na lírica pós-Goethe a espantosa floração deste último Yeats.
[16] Barbèra, Florença 1943, mais tarde incorporado a *La bufera e altro*. Cf. nota 12.

partir de *Satura*, ou para nos atermos ao mais óbvio ainda: a senilidade precoce de Wordsworth *after the Excursion*... Mas, conquanto nem eu nem ninguém o adivinhasse então, a última e suprema *maneira* do autor (ainda sem maneirismos) de *Tarde de maio* era mais que um lance desesperado do duende, era a idéia insólita e imensamente profíqua de encurralar ao máximo grau o idioma nobre.

Seria também seu modo próprio, e outra vez único, de exaurir-se, de despedir-se majestosamente do próprio gênio no que este sempre tivera de peculiar: um entrelaçamento dos espasmos do gigante em transe com os vôos rasantes da águia em franco e dolorido desencanto... Em todo caso já não lhe era mais possível epilogar sem perda de carga lírica sobre os vários "casos", fosse o da flor em pleno asfalto, fosse o da absurda morte no avião, ou a do pobre leiteiro... Para lá da saga do vestido no prego ou da perturbadora cantilena da velhinha paralítica ante a incompreensível deserção da filha-arrimo, não lhe restava senão pensar a geometria da dor humana segundo os bailados da luz nos cristais do caleidoscópio, afinal sempre imanente... O duende o empurrava pelos despenhadeiros do espírito e as músicas da mente não tergiversam. Musicar, como ele o fez ao máximo em *Nudez*, os vazios da alma — e daquela descrente *"alma que é apenas alma e se dissolve"* — significava inquirir das entrelinhas do paradoxo o belo e assombroso enigma do ser.

Desafortunadamente, para cantá-lo havia que ir além do relato lírico, ou mesmo dramático, da tragédia humana — e assim passar do inventário das categorias do real à desassombrada inquirição dos fundamentos do ser. O que só se pode fazer segundo as músicas de uma ontologia — ou seja: segundo as geometrias inerentes à metafísica do Verbo... Ora, após a recusa "*dispiciente*" à máquina do mundo, era o próprio mundo que o deixava só, que lhe esvaziava a voz. "*Minha matéria é o nada*", diria pela última vez a seu mais alto registro aquele que, como o Édipo no *Tordo* de Seferis, saudava a "*luz angélica e negra*" e preparava-se para "*atravessar a planície das trevas*". Para o Drummond da undécima hora, o Verbo que o reclamava para um possível derradeiro encontro remissivo ao mesmo tempo era e não podia ser o Logos... Daí o seco e doloroso hino ao vazio, aquele "*calar de serenos / desidratados, sublimes ossuários / sem ossos*", o adeus apaixonadamente elegíaco ante "*o império do real, que não existe*". Grandiosa a música do derradeiro orgulho. Maviosamente complexo o último ato na moderna tragédia da apostasia...

Este o drama do Mestre incomparável. O do jovem discípulo relutantemente cristão não podia ser nada de parecido, é claro: nem uma culminação nem propriamente um risco, minhas elipses e acrobacias sintáticas neste livro não tinham como passar de uma estratégia, ademais defensiva. Já me explico. A renitente questão ao início dos anos sessenta queria ser não tanto a fundação quanto a "refundição" de uma linguagem, fosse esta popularesca (ou *abordável*, como se murmurava então), fosse algo mais rarefeito e menos reconhecível: em nome de uma certa explosão do mundo pela sintaxe, os piores textos no Brasil desde a menopausa do Parnaso haviam começado a porejar dos periódicos literários a partir de meados dos anos cinqüenta. Ao iniciar-se a década seguinte, a *Brunnen-Mund* local, já para lá de esquizofrênica, dividia-se entre as duas faces estéreis da mesma moeda, os "opostos" vanguardismos de "direita" ou de "esquerda", como convém situar o frenesi de um conúbio entre seis e meia dúzia. Era a tais primórdios do renitente e autofágico Febeapá coletivista que eu reagia nos últimos textos deste livro: ao decalcar, ao ir buscar na lira mais absconsa e adensante de Drummond, como nos extremos de Rilke e Montale, de como escavar um refúgio profundo o bastante para a sensibilidade do idioma, importava-me subtrair às variegadas turbas em decúbito público aquele sempre ameaçado tesouro intrínseco de uma raça, sua irredutível linguagem de poesia.

Vale dizer que eu buscava um refúgio inexpugnável para a frágil sensibilidade do verbo poético herdado ao seu mais alto e rarificado instante; buscava-lhe um *bunker* provavelmente imaginário, mas que fosse, ou me parecesse ser, inatingível às contaminações da moda. Tudo me sugeria a busca (drummondiana como havia sido até então entre nós) de um *espaço verbal* que em hora tão conturbada "*encasulasse*" o pensamento mais amplo e mais sutil para além das virulentas atenções como dos inevitáveis estupros da plebe beletrista. *Anulação,* o poema-título, assim como aqueles *Outros Reparos* em que a generosa argúcia de José Guilherme julgava reconhecer a torre de Duíno e a suprema mineração sensível do Ariel mineiro, constituíam então o meu mergulho naquela interioridade da língua que sozinha a pode salvar de tornar-se o pasto de um mero "linguajar". Os bárbaros, sonsos ou doces, não estavam à porta, estavam à mesa. Não se iriam despedir por décadas, iriam solapar, pontificar, tropicar, "trans-duzir", letrificar, beletrar, mimeografar e, como se tem visto, invariavelmente falsificar *da allora fino adesso*. Urgia-me forjar um "*casulo*" para a poesia, uma hermética promessa de dias melhores até quando passassem a banda e a borrasca, *la bufera e tutti quanti*.

Infelizmente tudo, ou quase tudo, haveria de ser bem outra coisa: a mais reles noite crassa iria cair entre a *befana* e o *bas-fond*. Pisávamos já a sombra augural do inverossímil, gestava-se a *verdade tropical*... Só que nem tudo parecia ainda perdido. Brasília surgia como uma vitrina de alvuras e elviras, a nova capital prometia um país renovado, sem as "novidades" do Anhangabaú, os atabaques da Pituba ou os tanques da Vila Militar. Mas era tudo um sonho, um sonho sócio-político, e nesses eu nunca tive propensão a enredar-me. Fechei-me em copas furiosamente musicais — "*eólicas*", diria ironicamente em seu prefácio um José Guilherme idealista incurável, recém-recuperado do formalismo, como do trauma udeno-janista, para deixar-se embalar pelo neo-marxismo nacional-populista de Jango, ISEB & Cia. No entanto ele sabia, sempre soube perfeitamente o que eu fazia. Se eu insistia naquela "*casulação do ser no ser que o pensa*", era que não menos que ele próprio via a coisa engrossando da noite para o dia; no entanto — e aqui ao extremo oposto de seus idealismos de moço — não me parecia haver muito a esperar do que nos pudesse advir de fora; de fora daqueles casulos em que se gesta, senão a madurez da alma teimosa, certamente a integridade da vida do espírito...

Não havia niilismo algum em meus versos e muito menos em minhas escolhas, estilísticas ou ético-existenciais; porque meus supostos "*recursos às recorrências características do existencialismo*" não traduziam mais que aquela mescla meio machadiana e meio eslava, mas nem por isso mais nórdica do que nossa, de esperança e lucidez — à qual convém chamar de melancolia, como pondera a voz sem par e sem ilusões de Yves Bonnefoy.[17] Vivíamos, sim, uma daquelas épocas acabrunhantes na história da cegueira humana em que tragicamente "*todo gesto nos encurta*" e — reconheçamo-lo ou não — frente à "*insolvência elementar*" de praticamente tudo o que tem por função nos suster e guiar vemo-nos de fato reduzidos à iminente condição de uma "*fuga de ossos*"; dentro em muito breve alguns de nós iriam ver-se fugir chocalhando-os... À volta crescia sempre mais o morro dos Castelos-no-ar e aquelas perenes "*cousas futuras*" não pareciam apresentar cara lá muito animadora. Havia que contar com o pior — e dito e feito!

Godot cederia a Godard, Ibsen a Brecht e Capitu ao produto *per capita*. Glauber iria propor, para o gáudio geral, o tremor das câmeras, a que não tardaria a corresponder uma alegre cruzada contra justeza e clareza no idioma de Machado, Bandeira e Graciliano — a rebelião sotero-barroca contra as "tiranias da gramática" prevalecia sobre o itinerário

---
[17] De resto, era a ele, e a Chestov e a Berdiaeff que eu lia, enquanto a Machado — e a Pascal, Tolstoy, Checov, Green, Dostoiewsky, Mauriac e Bernanos — continuava e continuo a reler...

de Pasárgada. Do lado de lá do circo, o velho e provado caminho das pedras se achava às vésperas de uma conversão massificada em concreto e macadame... Gárrulas precursoras dos Doi-Codi, por todos os lados as canetas tornavam-se pontas de baionetas. Começava a fuzilada retórico-idológica e o "intelectual coletivo"de Gramsci saía da placenta direto para os Festivais do Febeapá. Fartas das pombas de Raimundo Correa, as regências verbais se iriam primeiro, e até hoje! O resto viria em agridoce debandada. Os colapsos da linguagem, o Canecão tropicalista, as saudades do carnaval, o noivado do mimeógrafo com o chope, o besteirol puro e simples, quando não a esoterice do submundo das drogas e a mais mundana orgasmologia burguesa — tudo isto serviria de pano de fundo à ditadura, seria seu esteio e sua herança mais duradoura. Mais que nunca a poesia, a linguagem profunda de um povo, estaria só, seria uma vez mais a arte por excelência dos grandes solitários: da Adélia Prado cozinheira, do Ferreira Gullar andarilho, do Alberto Cunha Melo caipira profilático, da Orides Fontela aristocrata selvagem. Deste vosso rabugento bernanos-de-quintal, talvez, mais um devoto brigão.

Cuja briga devota começava então através da sintaxe, com os textos ditos "maiores" daquele *Anulação & outros reparos* — todos, ou quase todos, compostos de 1960 a 1963, em pleno caldeirão daqueles anos trágico-histéricos.[18]

---

[18] Poucos têm evocado com tanta pungente concisão poética aqueles dias de ominosa e gaguejante epilepsia estilístico-espiritual quanto um Arnaldo Jabor sobrevivente; e o faz de modo em especial comovente para mim na parte inicial do breve retrato-ensaio em que anuncia meu retorno às lides pátrias: *Tolentino traz de volta a peste clássica (Folha de S. Paulo*, 19/7/1994).

O ano seguinte seria bem outra história, a História desabaria encapuzada sobre as cabeças em rodopio e os versos se-me iriam limpar outra vez — e de vez! — de toda pretensão sintático-existencial. A "linguagem" iria colar-se-me à língua que eu não teria mais com quem falar. Os deuses da hora instituiriam o que a estupidez programática generalizada iria pouco a pouco fazer sua: a lei do silêncio. A carapuça entra onde cabe, mas é fato que todos os cúmplices deste processo, em todo caso, estiveram sempre como nasceram e hão de morrer: incientes de que é no silêncio que se ouve, se depura e se compõe a voz interior, imperecível, de uma raça. Aquele canto vertical em profundeza que chamamos de poesia e este livro tentava atabalhoadamente cercar por todos os lados, quase sempre em vão: fui poeta pior, perdoai...

Niterói, Outubro de 1997

Impresso em offset

HAMBURG GRÁFICA EDITORA
Rua Bogaert, 64 - V. Vermelha
04298-020 - São Paulo - SP
Fone : (011)* 6946-0233
Telefax: (011) 6914-4773

com filmes fornecidos pelo editor